餘溫

雪倫——著

餘念

真的好希望，所有被生下來的人，
都可以好好地被愛。
不要像我。

天氣很好，陽光灑進會議室，大面的落地窗是我當初堅持要有的，即便很難清理，但有光很重要，即便有些光照不進內心的幽暗，不過至少眼前是亮的。

至少，我是這樣想的，「至少」這兩個字，是我人生的慰藉，沒有想過能「多好」，可是能安慰自己「至少」。

我看著眼前大約六十幾歲，表情徬徨的太太，拿起我手上的一疊資料，開始一份一份地向她說明。

「麻煩妳先看完合約書，尤其是最後一條，住進美蘭樂活寓所後，我們大多採不積極治療，不會有任何插管的動作，所以會請妳先簽預立選擇安寧緩和醫療意願書，另外關於喪禮安排，稍後也會請妳填調查表，確認妳想要的方式，我們的寓友大多都沒有家人，會由我們出面處理，但若吳小姐妳其他親朋好友要替妳做喪葬程序的安排，麻煩在上面留下他們的聯絡資料，要是我們沒辦法聯絡到他們，一切，仍會由寓所全權處理，基本上要看的資料跟要填的表單很多，稍後會由我的特助來替妳說明。」

我說完，那位太太用一頭霧水的表情對著我問，「拜託，妳現在就要講到後事了嗎？我也沒什麼大病啊！頂多有三高跟糖尿病……妳這樣說很直接，很像在詛咒我……」

面對她的不悅，我沒有反應，只是繼續告訴她。

「這只是入住程序，我們的規定就是這樣，妳也可以選擇另找其他的安養中心，或是再考慮幾天，我們不勉強。」說完，我起身離開會議室，遇到正要送茶水進去的特助Elva。

我叮嚀她，「等等她要簽，妳也先讓她想想，有意願的話，請她三天後再過來簽約。」Elva點頭後，進去和那位太太詳談。

當初創立美蘭樂活寓所的宗旨，就是希望住在這裡的人，在生命的盡頭前，可以釋放所有的痛苦，平靜平和又自在舒服地死去，死亡，是所有人都要走一次的最終流程，沒有什麼好不能談論的，反而對活著還有執著的人，不適合住在這裡。

我回到辦公室，隔著落地窗，看到海洋手裡抱著一堆資料，指著她自己，用唇語問我，「我可以進來嗎？」我邊打開電腦邊點頭，接著她迅速走進來，然後把那一疊文件放到我桌上，「雪曼姊，想跟妳討論下一季的活動項目。」

「妳決定就好。」我回覆著幾封信件，但海洋還是不停說著，「這有關人命，我可能沒辦法自己決定，不過這是上個月問卷調查出來，所有人最想參加的活動，我不知道大家怎麼突然變得這麼大膽……」

聽完，我反倒好奇起來，「什麼活動？」

「高空彈跳。」海洋說完，給了我一個很尷尬的表情。

我想了想，「行，只要身體檢查數值可以，都讓她們參加。」

「確定嗎？我還是覺得有點危險，就算現在檢查ＯＫ，但寓友們有些年紀比較大，萬一太過刺激……」海洋說到一半，我回應她，「那也是她們的選擇。」出生不能決定，但死亡可以吧？要是能在高空彈跳的時候，心肌梗塞死在半空中，對我而言，反而是一種上天的恩賜。

偏偏我不是那個被神眷顧的人。

小時候就聽人家說，身而為人，就是要來受苦的，我很清楚，我的苦難一直沒有結束。

海洋很小心地再問我一次，「真的嗎？」

我點點頭，「我們寓所不就是幫這些快死去的人，保持尊嚴、盡量快樂嗎？沒有什麼好避諱的，她們想要就做。」

海洋還是擔心，當然我清楚她擔心的點是什麼，她覺得生命的流逝是一種遺憾，不需要為了這樣的快樂，賭上性命危險，可寓友們都不是小孩子，她們都是經歷生命中的千辛萬苦後，來到這裡平靜等待死亡的人，相比發生在她們身上的那些艱困，高空彈跳根本算不了什麼。

「好吧，我盡量找難度不要太高的。」海洋妥協，但還是忍不住說，「那妳能搞定阿貴奶奶嗎?她已經九十五歲了，還有心律不整，可是她一直堅持不管檢查結果如何，她一定要玩。」

我抬頭看海洋說，「如果妳九十五歲了，還能走路、用假牙啃雞腿、金門五八要喝兩瓶才會醉，平常偷偷叫Uber出去吃大餐，現在有個千載難逢的機會，可以瘋一下，妳會不會心動?」海洋聽著我的話，最後，默默點點頭。

人都是貪心的，在你現有的狀況下，想要再更多一點、更好一點，就是貪。

「除非主辦有嚴格規定，不然就讓阿貴奶奶自己決定，不用說服、不用叮嚀，她換掉的假牙，跟妳換過的男友差不多一樣多。」

海洋頓時窘爆，「雪曼姊，是也不用這樣傷害我吧，我現在跟藍一銘感情很穩定耶。」

嗯，全世界都知道，好，全世界是有點誇張，但至少全寓所。

當初我看到海洋來應徵活動規畫主任的時候，她厭世的表情，也曾在過去我的臉上出現過，滿臉迷惘、困頓，我二話不說就用了她，不是我有多善良，而是我很清楚，只要能給她一個方向，她就能好好撐過去。

我不喜歡跟人保持太過親密的關係，因為不想傷心，也不想害別人傷心，距離永遠是保護彼此最好的方式，這也是我痛過好幾次才領悟到的道理，可偏偏海洋的韌性跟堅持，讓我就好像看到某個時期的自己，莫名就跟她變熟了。

果然距離是不能打破的，太過親密的關係，會讓我有些害怕，盡量不產生感情比較好，對誰都好。

「去忙吧！」我說。

海洋點點頭，拿了資料走到一半又回頭問我，「對了，雪曼姊，今年的健康檢查，我看名單上面沒有妳。」

「我不用。」

「為什麼？」

「沒有為什麼。」我看著海洋說。

她似乎很快就感受到我不願意多談這件事，便點點頭離開，這就是我覺得成熟女人相處中最舒服的一件事，大家都知道在什麼時候適可而止，當然也有些人並不這樣，習慣把事情問到底，好展現自己的在乎和關心。

與其說我嘴巴很緊，倒不如說，我不想說的，再怎麼問我都不會說，無論是用任何一種方法。

我開始處理工作，但我的工作不過就是做些紀錄，把所有會在寓所裡發生的狀況寫下來，設定一個處理的方向，這份高達五百多頁的Word檔，是從成立寓所至今的點點滴滴，發生過的問題和困難是怎麼解決和度過的，希望未來有天接手的人，可以得到完整的資訊。

才剛打完紀錄，Elva就進來了，「雪曼姊，處理好了，那位吳小姐不入住。」

我點點頭，Elva把吳小姐的資料用碎紙機碎掉，確保她的個人訊息不會流出。美蘭樂活寓所只有女人能入住，無論是孤單寂寞的、被丈夫家暴離婚的、被小孩丟著不想養或互踢皮球的，最終落得無處可去的，寓所可以成為她們人生最後的一個避風港。

當女人太難了，我是這麼覺得，所以，死不掉的我，在接受過不少女人的幫助下，我也決定幫助女人。

我十分歡迎有錢的女人來，她們可以享有最好的服務，住最高的樓層，擁有最頂級的生活管家，但我也收留身無分文或帶傷、帶病需要幫助的女人，在這裡最公平的就是，有錢的人多付一點，沒錢的人就少付一點，或者直接免費，要是覺得這種論調沒道理的，就是謝謝再見，沒有第二句話。

很多寓友說我很冷漠，我也不在意，冷漠才能平靜，而平靜才能讓我活下去。

Elva走到我面前，有些支吾，我好奇抬頭看她，「有事就直接說。」

「那個……雪曼姊……我想去加拿大念書。」Elva說完這幾個字就突然哭了，剛好海洋又帶著藍一銘跟凌菲進來，他們三人的表情，好像是我怎麼可以把Elva惹哭？海洋連忙上前關心，「Elva，妳還好嗎？」

「雪曼姊，Elva有做錯什麼事嗎？」凌菲感覺是想罵我，但再怎樣我也算是她老闆，她是海洋好友，在海洋的引薦下，進來當寓所的瑜伽老師，因為海洋的關係，莫名地有了不少接觸，她個性直接，基本上不會讓自己吃虧，看似聰明，可惜有顆戀愛腦，上次被綠了還被當成小三，對象還是藍一銘的妹婿。

之前聽到的時候，我還忍不住畫了個關係圖，貴圈真亂。

但凌菲是個好女人，就只是錯付了，也錯怪我了，我看著凌菲回答，「她一直做得很好啊。」

「那她怎麼哭了？」藍一銘反問我，他是寓所裡繪畫課的老師，動靜皆宜，還是小學棒球隊的教練，算是最早跟我認識的，在海洋進來當活動規畫師的時候，藍一銘就已經在這裡教了一年多的課。

「問她啊！」我也很好奇好嗎？「她說她要去加拿大念書，然後就哭了，我也不懂她在哭什麼意思。」

所有人看向Elva，這時她才抹去眼淚，「我怕我離職，雪曼姊要重新找人，而且我其實很捨不得你們，可是，我真的很想出去闖闖，去看看這個世界，但想到我要離開寓所，離開這些阿姨奶奶，我就忍不住想哭。」

眾人這才鬆口氣，凌菲上前抱抱Elva，「好啦，沒事，出去很好啊，妳才二十幾歲，那麼年輕……」凌菲說完還很小聲地對Elva說，「而且這裡都女的，去加拿大多好，至少還有帥哥可以看，最好就是有個混血寶寶，直接基因勝利……」

藍一銘抗議，「這裡就有一個男的，而且長得不差好嗎？」

「死會的人就是女的，不要吵！」凌菲回應藍一銘，藍一銘不服氣，還想反駁，被海洋制止，「你再吵下去，我也會覺得你是女的，婆婆媽媽的。」藍一銘無辜死了，一臉放棄掙扎地坐到沙發上。

對我來說，這些都不是重點。

「妳簽證什麼都辦好了嗎？」我問，Elva點點頭，我再繼續問，「那妳打算什麼時候去？」

「等雪曼姊找到人。」Elva很愧疚地對我說。

「妳今天就離職吧！」我說。

頓時，所有人看我像見到鬼一樣，一臉不敢置信的表情，「雪曼姊，妳太狠了吧！」

「都不用交接的嗎？」「妳是不是在不爽？」

Elva難過地哭著，「雪曼姊，其實我應該先跟妳商量的，我本來只是想說辦辦看，但不知道我的簽證可以這麼快就拿到，所以……」

我點點頭，「那就去吧！祝妳順利，把待辦事項整理好給我，妳就可以下班了，私人物品記得帶走。」說完，我就離開辦公室。

經過大家身邊，我拍拍Elva後，只能往前走。

生活裡來來去去的人太多了，尤其從寓所設立後，我已經在這裡送走五十三個人，不管活的還是死的，我沒辦法每個都悲傷都難過，我有的只是祝福。去停車場開車的路上，我打給會計，「怡明，Elva做到今天，把薪水算給她，多給她半年全薪當她的獎金，另外我私人帳戶再多匯十萬給她，叫花店送一束她喜歡的百合給她，祝她未來順利。」

沒等會計多問，我直接掛掉電話，最實際的祝福就是錢，有錢才能成就夢想，有錢才是你人生最大的本錢，什麼熱情、努力、認真、堅持，都只是用來說服自己沒有錢的做法。

如果努力就會有錢，全天下還有窮人嗎？

這就是這麼討人厭的現實，我也是花了很多力氣才認清這件事。

才剛要走到停車場，手機就響了，看到是邱醫師的來電，我迅速接起，本以為她要向我匯報幾個身體狀況比較不好的寓友昨天的幾項檢查結果，沒想到她卻對我說，「雪曼，妳要不要去照個胃鏡？」

「不想。」我說。

「但妳要的那款胃藥現在沒貨，我沒辦法幫妳準備。」

「沒關係，我吃別款看看。」

「妳不能這樣，照個胃鏡很快的。」

「我知道，但我不要做胃鏡，妳幫我開別款的藥，我等等去趟銀行後再去醫院跟妳拿。」說完，我就掛電話，開車走了，但是邱醫師真不愧是我看上的醫師，她也有某種韌性，那時候可是花了很多時間拜託她負責寓友的健康管理，除了帶寓友到醫院就診，她也會安排固定時間去寓所替寓友看診。

邱醫師沒有孩子，老公在她四十歲的時候跟她離婚，原因是他不想把下半輩子再花在同一個女人身上，邱醫師超不爽，自己都忍了他十五年，結果卻先被拋棄，兩人打了官司，邱醫師說了一句話，「兩人可以沒有愛，但不能沒有道義；可以好好分開，但不能被羞辱。」

她為了要生孩子凍了四次卵，做了好幾次人工受孕，所有錢都是她付的，孩子卻始終著床不順利，在她宣布不要有小孩的時候，先生卻用這樣的理由離婚。

我替她找了律師，邱醫師順利拿到巨額的賠償金，賠到她婆婆來求她，不要拋棄她兒子，但垃圾誰要帶在身邊，只能還給媽媽了。

邱醫師離婚後整個人都快樂起來，多了超多時間來緊盯我，她非常有耐心，被我拒絕後還持續傳了好幾個訊息給我，裡頭是各種操心及醫療資訊，還說直接幫我掛了腸胃科，等等去跟她拿藥時，順便看一下。

但我說了不看，就是不會看！

我也不做健康檢查，就是不想知道我哪裡有病，「順其自然地死去」這條路並不好走，可能既漫長且艱辛，但我一點都不想救活自己，我時常覺得，要是現在世界滅亡，我好像也沒有值得留戀的事，只有兩件事會有些遺憾。

雖然並不是我的事，卻比我自己的事更重要。

在銀行等候的時間，我打給了陳大哥，「最近有消息嗎？」

「呴，江小姐，有消息我電話還不給妳打爆，但不好找啦，再給我們一點時間。」電話那頭的陳大哥每次都是這樣回應，不過也沒意外，要是這麼好找，我自己找就好啦，我只能交付專業，「那就拜託你了。」

「不要客氣啦，是說妳找這麼久了，還不放棄嗎？」

「對。」我說完，默默地掛掉電話。

如果我連這兩件事都放棄，我不知道活著還有什麼盼望。

我沒有什麼遠大的目標，過日子就像以前打手遊那樣，每日任務解鎖，偶爾走在路上放空時，會不小心把別人的對話聽進去，在夜店外的人討論哪種酒好喝、哪個妹好上、哪個男人夠盤；在便利商店，會聽到暫時喘口氣出來外頭吃冰淇淋的爸爸，邊打明星三缺一，邊跟另一個隨意吃著三角飯糰的單身男子說，「不要結婚，不要生孩子，他媽的，這是我人生最後悔的一件事。」

講得我以為，他只要沒結那個婚，沒生那個孩子，就會成為多厲害的企業家或是什麼偉大的人物，我不禁想著，要是他太太或孩子聽到這樣的話，是不是可以殺他？

不想負責任的男人，其實都可以去死。

當然，我也只是這樣想想，然後希望他的老婆孩子，這輩子都不要聽到這種傷人的話，那個男人純粹只是在哀悼自己失去的自由，其實他沒那麼壞，他的小孩出生時，他可能感動到流淚，激動地對老婆說，我們孩子很健康。

真的好希望，所有被生下來的人，都可以好好地被愛。

不要像我。

我整理好情緒跟一些銀行單據後，開車到醫院找邱醫師，對我來說，年紀增長最大的好處就是，可以很快丟下自己的情緒，因為你有很多現實要面對，沒辦法花太多時間在自我感傷。

當你抬頭望著天空很灰，心情很陰，心裡有些惆悵，想起了很多事，但來不及想完，下一秒就會回到人間，靠！水電費還沒轉帳，廁所用的衛生紙還沒買……

瑣事總是讓人變得狼狽，誰都一樣。

我到了醫院，但沒有急著進去找邱醫師，而是坐在車上等待，打算等到十二點，就像以前念書的時候，等中午十二點光明正大趴下來大睡一場，我想放鬆地休息，就像我想自在地去拿我的胃藥。

不要碰到邱醫師，不用被她想方設法帶去看診。

大家說我看起來冷酷無情，沒禮貌又沒有同理心，我全都承認，我就是想讓大家認為我是不近人情的臭婊子，這樣會減少很多麻煩，可是，我還是有我的弱點，我很清楚自己是裝出來的，而最可怕的是，被人識破我的偽裝。

尤其這種狀況最近愈來愈多，這讓我感到煩躁不安。

我開始在車上處理公事，經營一所俗稱的養老院不難，難的是得想辦法在這上面賺錢，錢可以省掉很多麻煩事，而且只有賺錢，美蘭樂活寓所才能存活下去，裡頭不管富的、窮的、老的、病的，都可以好好地在這裡迎接她們的死亡，這是寓所存在的意義。

住在這裡的女人們，每人身後都有沉重的過去，有人能放下，有人過不去，但在這裡，我希望所有人只看當下，就算做個只看明天的人也可以。

接著，我眼睜睜地看到一輛車子，迅速從我眼前開過，完全沒有想要停止的意思，直接撞上醫院停車場旁的護欄，只不過一秒，車頭整個凹陷，我愣住了，我的腦子頓時像停止運作那樣，只浮現三個字，What the fuck！

我把文件丟到副駕，下車衝過去的時候，其他路人也上來圍觀，大家都不知所措，有人喊叫救護車，有人說這裡就是醫院了；有人說報警，那人可能死在車上了；有人說快點開車門把人救出來；有人說不要靠近車子會爆炸。

大家七嘴八舌，但我下意識地打給邱醫師，「醫院停車場有人自撞，人還在車上，妳要不要過來看一下。」她沒回應我，直接掛了電話，我知道她在趕來的路上。

我收起手機的下一秒，撞擊的那輛車門被打開了。

一名男子搖搖晃晃地下車，額頭上的血流了下來，以剛剛那樣的撞擊力來看，說真的，只受這樣的外傷，他還算是幸運的人，至於內臟有沒有移位這我就不清楚了，但讓我一直無法移開眼神的是，他滿臉的眼淚。

他在哭。

我不知道他是因為撞車了要花錢賠償心痛，又或者是他撞到身體不舒服，痛到掉眼淚，但他在哭，他一直在哭，放聲大哭的那種哭，本來要過去幫忙看他狀況的好心人士們，都因為他的大哭，停在原地。

他哭得好悲傷，看起來很可憐，但我卻感到有些羨慕。

我上次哭，可能是八年前了吧……後來就再也想不起怎麼流眼淚。

不管是哪個寓友離開，告別式辦得再感人，我眼淚不掉就是不掉，我的淚腺喪失了它該有的功能，但我也沒有那麼在意，畢竟對我來說，哭又沒辦法解決什麼事，不哭也行，不哭更好，流眼淚要花時間，而我剛好沒時間。

終於有人敢上前關心問道：「先生，你還好嗎？」

那男人好像沒聽到，走沒兩步跌倒癱坐在地，摀著臉繼續痛哭，血跟淚混在了一塊。沒有人知道該怎麼辦，幸好邱醫師很快就帶護理師推著病床過來，我朝邱醫師點個頭致意，她現在有更重要的事要做，我們沒時間寒暄。

邱醫師花了十秒確認眼前痛哭男子的狀況後，跟護理師扶著他坐到輪椅上，叮囑護理師一些事後，護理師連忙將人推往急診，接著邱醫師又打電話交代病人狀況，同時，醫院的警衛帶了幾個三角錐過來圍起事故現場。

邱醫師通話完後走到我面前說，「還好早上後面幾個病人掛號都取消。」

「家醫科這麼被看輕？」我問。

邱醫師瞪了我一眼，「我們是家庭守護者好嗎？」她又繼續說，「對，但真的很被看輕，重症早就掛專科治療了，都是不知道到底要看哪一科，才先來家醫，我們就是幫病人跟主治醫師牽線的月老。」

我點點頭問，「那人還好嗎？」

她一臉驚訝地看著我，「妳有在關心男人？」

「沒有，但畢竟發生在我面前，要是他有個三長兩短，我要先去廟裡走一下再回寓所。」

邱醫師白眼我，然後說，「應該沒事，只是有些外傷，急診會處理，走吧，去我辦公室拿胃藥……是說，妳剛停好車就看到事故，是不是太倒楣了？」

「我在車上半小時了。」

邱醫師轉頭看我，「那為什麼不上來？」她問完之後，恍然大悟地笑出來，「怕我拉妳去照胃鏡？江雪曼，妳還有會怕的事喔？」不能共事太久，久了就跟她一樣，敢對我囂張。

「不是怕，是不想。」有些事有些原因，不是怕被別人知道，而是連自己都不想再提起，這種感覺就像吃完東西又挖喉嚨催吐一樣，很不舒服。

快速拿完藥後，邱醫師把腸胃科醫師的名片給我，「我真的拜託妳，抽個一天就好，不，半天也好，去照個胃鏡，我這小學弟除了在醫院看診，自己也有開間聯合診所，人挺不錯的，大妳一歲，剛離婚單身喔……」

最後一句才是重點，我冷冷看著邱醫師，「我把妳從坑拉出來，妳要把我推進那個屎坑，妳這樣報答我的？」

「好的才介紹給妳。」

「好的妳就留著自己用，小十二歲剛好。」我回她。

邱醫師卻回了一句直撞我胸口的話，「想說有個人給妳愛，妳對這個世界會比較有信心。」她很擔憂地看著我，我卻難得地笑了笑，「我不可能再愛誰。」

邱醫師一臉Ok, fine！的表情回應我，然後說，「走吧，那至少讓我請頓飯，妳就是三餐不定，要吃不吃的才會常胃痛，最近吃了一家健康餐，好吃死……」這個我就沒有拒絕她了。

「帶路！」我說，因為她這陣子常說沒人陪她吃飯沒胃口，算是我拿藥的報償，天下沒有白吃的午餐，我的陪伴就是給她的費用。

然後我看了眼名片，上頭寫著腸胃科柯博裕，這名字我就不喜歡，光姓柯就可以滾了，還有姓吳的、姓黃的，我都會盡量離他們遠一點，但寓所裡的寓友姓什麼都沒關係，因為寓所就是我的結界。

我把名片放在邱醫師桌上，接著跟她一起離開，我邊用手機處理一些公事，邊和邱醫師有一搭沒一搭地聊著，直到她突然在我身邊大喊，「博裕！」我差點耳膜都要破了。

轉頭看邱醫師，就見她朝某個戴眼鏡的男人揮手。

我順著她眼神看去的方向，看到了我人生的惡夢之一，我頓時耳鳴，血液像倒流一樣，我覺得好冷，好冷。

我無法動作，只能看著他往我們的方向走來，他的臉在我眼前放大，像一副放大鏡突然就放到我眼前，我適應不了地退後一步，然後看著他的表情從驚訝、慌張到抱歉，用著不知道是愧疚還是意外的語氣，對我喊了一句，「曼曼？」

曼你媽！

我只想回他這句，但是我動不了。

時間像突然錯置了一樣，我彷彿回到了我十七歲那年……

我忘不了那時候有多熱，我背著書包的背帶都被汗水染溼，我被迫轉到一間我不想去的學校，因為我媽的堅持，「妳要跟他們一樣，都在這裡上課才可以，妳不能輸他們。」

但我早就輸了啊，我媽是黃進仁的小三，連我都沒辦法替她辯駁的那種。

我是個被生在外頭、養在外面的私生女，聽說黃進仁很有錢，但我不知道到底多有錢，我也不想知道，畢竟當我聽懂人話的時候，黃先生只要來我家跟我媽上床，都不忘跟我說一句，遺產沒有我的份，但他會保我衣食無憂。

有一次我忍不住回他，「所以我要向你謝謝？要不要拿香拜你？」然後我得到了一頓毒打，我媽眼睜睜地看著我被皮帶抽，但她沒有保護我。黃先生離開後，我媽難過地對我說了一句，「妳就不能管住妳的嘴嗎？惹妳爸生氣幹嘛？」

從那次之後，黃先生來家裡的時候，我就是個啞巴，連喊一句爸爸都省了，沒想到他更火大，再一次用皮帶抽我罵我沒家教，傷口還沒有好，再被抽一次的痛，我都無法形容，像火燒在皮膚上，我媽不停地向黃先生道歉，說她保證以後會好好教我。

我媽憑什麼教我？她破壞別人婚姻，拿愛當藉口，好像愛就無敵，愛就可以變成傷害別人的武器，我無法認同她，所以我選擇離家出走，但很快就被警察找到，我指著我的傷口對他們說，我爸跟我媽對我家暴，但黃先生的律師不知道什麼時候出現，跟警察說了幾句就把我帶走，一切好像沒事一樣。

律師告訴我，「別跟妳爸作對，妳贏不了他。」

可偏偏我不死心，我透過各種管道申訴黃先生家暴的事，都被壓下來，最後黃先生衝到家裡，直接打我媽給我看，他生氣地吼我，以後要是我做錯事，他不會再打我，但會教訓我媽。

換我媽被皮帶抽得皮開肉綻，我拿藥給我媽，她只對我說一句，「真後悔生妳，我還以為能靠妳翻身。」

十七歲的我，終於認清自己的身分，我不是人，我就只是一個工具。

我開始麻木地扮演我媽的好工具，不是為了讓她在黃先生面前多有面子，而是為了讓我自己好過，我專心念書，把自己活得像一個只會念書拿獎學金的好女兒，黃先生龍心大悅，我跟我媽從小套房，搬到小公寓，我媽有更多理由打給黃先生，「雪曼這次又第一名了……」「雪曼有拿獎……」

我媽時常拿到黃先生賞賜的禮物，開心地對我說，「妳再加油，搞不好哪天妳就能從姓江改成姓黃了。」

我看著我媽得意的表情，卻有種想打她巴掌的衝動。

我曾經問輔導老師，想打媽媽是正常的嗎？他們大多都會倒抽口氣，然後緊張地問我，「妳怎麼跟媽媽起衝突了？」「同學，我們幫妳做個簡易的情緒評量好嗎？」

為什麼是我跟媽媽起衝突？而不是問我，媽媽對妳做了什麼？

我再也不跟誰講了，因為最後需要改變的人總是我，十七歲的我，真心不理解自己究竟做錯了什麼。

當個大家心目中的好小孩，事情就會簡單很多，我把真正的我收了起來，書本成了我可以征服的對象，這世界上至少還有件事是我可以打倒的，我只能把自己丟進那裡面喘氣。

我卻也因此得到了一個可以上私立學校的機會，我媽高興地開了酒，抱著酒瓶對我說，「妳好爭氣，媽真開心有妳，妳知道那所學校有錢人才念得起，以後妳的同學全是富二代。」

我回到房間，發洩地撕了所有書本，這跟我想的不一樣，只是想有個地方可以躲著，為什麼反倒又被推了出去？隔天早上，我媽來我房間，看到滿屋子被撕掉的書，給了我一巴掌，「妳要去念，那是妳爸說的。」

於是，我就來到了這所學校，走進了有冷氣的教室，那時候教室有冷氣是多麼奢侈的一件事，我因為黃先生的關係享受著，再也不熱了，溼掉的制服乾了，可是我再也不想念書了。

成績一落千丈，我媽不停被導師關心，問我為什麼在課堂上睡覺？問我為什麼今天沒去學校？我媽怎麼可能答得出來，她眼神裡只有黃先生，她從不在意我喜歡什麼，只要努力把我裝扮成黃先生心目中的女兒，就是她人生最大的成就。

她開始打罵我，認為我在跟她作對，可天才知道，我真正作對的人是我自己，我很清楚怎麼做可以過好日子，但我偏偏不想，我不肯，我恨透這些大人，憑什麼利用我來得到他們要的成就感跟幸福。

最後黃先生對我媽說了一句，「女兒要是不教好，別想我再來。」我媽求我，她跪下來求我念書，求我當個好女兒，我問她，「就我們兩個自己生活不行嗎？妳再去找別的男人不行嗎？」我又挨了一巴掌。

後來，我媽把自己關在房間，每天酗酒，直到有一天放學回家，我看到她倒在地上，我腦子一片空白，我忘了自己是怎麼打電話叫救護車，怎麼跟著上車，怎麼去到醫院，直到醫生說我媽是猛爆性肝炎，目前治療後，病情有得到控制，我才在病房裡的廁所哭了出來。

我媽醒來後，拜託我打給黃先生道歉，她真的很想見他，希望他能來醫院看她一眼，我媽哭求了很久，我不知道自己是怎麼點頭答應的，但我知道我沒有別的選擇，除非我要看她去死。

於是我求饒，裝得楚楚可憐地喊了黃先生一句爸爸，向他道歉，之前是自己不懂事，我保證這次段考一定會考回全班前三名，當我聽到他用很勉強的語氣對我說，「知道了。」我才掛掉電話，我永遠記得，在那當下，我覺得自己好像被附身了一樣，那個人肯定不是我，我怎麼可能講出那樣的話，流著那樣的眼淚，演著好女兒的不是我。

在那通電話之後，我重拾書本，過著被我媽威脅的日子，「妳就是不聽話才會害我生病。」「妳乖乖的，我不就沒事了嗎？」我媽把她的幸福寄放在我身上，卻從來沒有想過我的幸福在哪裡。

我又回到那個讓她能拿出來說嘴的優等生。

日子又變得好過，班上同學知道我是私生女，但看在黃先生以及我功課好的份上，他們願意跟我交朋友，雖然那看起來很像是施捨，所以我下意識地跟他們保持禮貌的距離，直到柯志城的出現。

我對老師說我經痛，但其實我只是不想上課，我獲得了去保健室休息的機會，但我沒去，我去電腦教室睡覺，然後在某台電腦上面，打開筆記本的程式，瘋狂地打著「去死」兩個字。

鍵盤聲宣洩著我的情緒，像一場激昂的交響演奏。

突然一道聲音在我身後出現，「妳還好嗎？」

我回頭看去，他給了我一個微笑，對我說，「我叫柯志城，妳一年級的啊？那我是學長，嗨，可愛的學妹。」

他的笑容莫名溫暖到我，他靠向我，伸出雙手像把我圈著，我整個人愣住，接著他將手指放到鍵盤上，慢慢地按著刪除鍵邊說，「我幫妳把不開心的事都刪掉囉！」

我抬頭看他，心跳漏了一拍。

二十幾年後的現在，我一樣抬頭看他，卻只想對他說，去死。

餘波

哪個少女做夢，
會想到自己的初戀是一塊被剪爛的碎布？

我不知道柯志城為什麼換了名字。

但就算那麼久沒見，我一樣可以認得他，有些人就算是你死也不會忘記的。

他看著我，很想說點什麼，卻什麼都說不出口。邱醫師站在我們兩人中間，似乎也感受到我們之間有過什麼，她用著很蹩腳的演技，超不自然地從口袋裡拿出手機說，「雪曼，我去打個電話。」

我沒有回答邱醫師，過去我偶爾會想到十七歲的那年，我很清楚我恨柯志城，卻沒想到再見四十三歲的他，我心裡仍然有恨，恨意沒有因為時間而減淡，更沒有因為歲月而消失。

我仍為那個十七歲的我抱不平。

柯志城很艱難地開了口，對我說，「好久不見。」

我以為至少，久違後的第一句，至少是「對不起」三個字，即便他的道歉很廉價，但身而為人，他得要有點良知，但顯然沒有，他認為時間已經幫他解決一切，包含我的憤怒與傷心。

我別過頭，打算轉身離開，他卻過來攔住我，然後說了那句，他早在當年就該對十七歲的我說的「對不起」。

我靜靜看著他，還是把我想說的那句話說出口，「真的覺得對不起我，那就去死，這裡最高有八樓吧，你從上面跳下來，就像我那時候從體育館頂樓跳下來一樣？」我說完，他愣住了，我笑了笑說，「要死也很難。」

而且那時候的我，可是生不如死。

哪個少女做夢，會想到自己的初戀是一塊被剪爛的碎布？

在那次電腦教室的邂逅之後，我才從書本裡抬頭，關心這所私校的一切，應該是說，他讓我對上學這件事，有了另一種興趣，我這才發現，原來女同學間討論的暖男學長、學生會長，就是柯志城。

他是學校裡的風雲人物，那種我本該避之唯恐不及的人，我卻對他感到好奇，很想知道有關他的一切，我總是在女同學們討論的時候，分神偷聽，當她們說要去看學長打排球的時候，我會說我不去，但會故意經過體育館，偷偷看他殺球的英姿，沒想到他居然會在打球的同時，還能分神大喊我的名字，「江雪曼！」

就因為這樣，我開始成為大家注目的對象。

而柯志城也時不時跟朋友站在我們教室外聊天，眼神始終透過窗戶落在我身上，我可以感覺得到，我不是白癡，他的眼神熾熱到我呼吸困難，女同學好奇問我，「學長是不是要追妳？」

我聽得很爽，卻又要裝作不在意，「神經病。」但我渴望他真的追我、他真的喜歡我。只是我愈在意，他反而又開始對我保持距離，這讓我感到困惑，他到底喜不喜歡我？這件事擾亂了我的思緒，所以我又把考試給搞砸了。

自然再次被黃先生關切，他嗆我，「不想讀就不要浪費我的錢。」我媽又是那副我虧欠她很多的表情，但這次我沒有怪他們，的確是我的錯，第一次嚐到這種酸甜的滋味，我不知道自己是被想像的戀愛給迷惑，還是真的喜歡柯志城。

但他已經三天沒來我們教室外面，或許他轉移了目標，也可能是我這次沒考好，從第一名掉到第十名，他也覺得我普普通通，我開始質疑自己，這讓我感到太害怕，忍不住再蹺掉一節課，很想找回那個心裡平靜的自己。

所以我沒去電腦教室，我到了體育館。

可能是中午排球隊練習完，排球都還沒收，我便好奇地拿起來玩，忍不住模仿起柯志城的動作，愈玩愈爽快，我的手掌、手肘都因為排球而紅腫，我不覺得痛，反而有一種莫名的快樂。

我試著自己將球托高，奮力往上一跳，帥氣殺球成功，卻在落地時踩到另一顆球，整個人跌得狗吃屎，痛到不行，我乾脆躺在地板上，等待痛楚過去，突然柯志城的臉出現在我眼前，笑笑地看著我說，「痛吧？」

我嚇了一跳坐起身，就見柯志城拿了兩瓶凍過的運動飲料，敷上我扭傷的腳踝，我有些尷尬也有些不爽地撥開他的手，「不需要。」接著靠自己站起身，拖著腳就要走人，他卻突然在我身後問，「妳是不是想我了？」

我不敢置信地回頭看他，他非常有自信地說，「這幾天沒出現在妳面前，妳是不是想我？」我被這突如其來的問題給難倒，我是想他了沒錯，但這個答案說出來，我是不是會很沒用？

於是，我不打算說，我只是裝狠地瞪了他一眼，他挑釁地說，「看起來是有，有就承認吧，妳不是很爽快的那種女生嗎？敢不敢跟我在一起？還是怕妳會太喜歡我……」

「你很想知道答案？」我問。

他點頭，「當然。」

「為什麼想知道？」

他笑笑回應我，「因為我想妳。」

「我鞋帶掉了。」我說。

他看著我，走到我面前，打算蹲下替我綁鞋帶的時候，我拉過他，主動獻上我的初吻，

「對，我是想你，以後不要再用這種方式考驗我，我會很不爽。」說完，我脫掉鞋子直接往他臉上扔去，他沒生氣，而是愈笑愈大聲。

我轉身走人，柯志城在身後喊我，「江雪曼，妳是我的了。」我給了他一個中指回應。

但從那天開始，我們就在一起了。

我感受到前所未有的快樂，我們約好蹺某節課在體育館裡偷偷約會，也會一起到圖書館念書，每天放學，他會到我的教室來接我，我們會在學校附近的小店喝泡沫紅茶吃吐司，我們都喜歡草莓吐司夾蛋，當我們同時點出同一樣餐點時，十七歲的我，覺得這簡直就是命中注定的浪漫。

我們除了各自上課的時間外，幾乎都黏在一起，成了學校裡人人都羨慕的校對，大家覺得我們好配，我享受著大家的羨慕，過著神仙般的日子，我的成績回到了第一名，黃先生很開心，賞了我一架鋼琴，我媽則是拿到一個全臺限量的名牌包，要價一百萬。

因為跟柯志城在一起，我連黃先生都看得順眼，送了他一首小星星，在我生日的那天，我們三人難得沒有任何爭吵地吃了一頓飯，連我自己都感到訝異，或許這就是人家說的，愛的力量？

不論是不是，我都相信它是。

很快到了學期末，我們有個校外教學，一到三年級都要參加，我很期待，算來會是我跟柯志城第一次到外縣市的約會，我們偷偷決定在晚上休息時間溜出去看電影逛街，時間跟路線都準備好了，等待行動。

難怪大家喜歡刺激，這種會被處罰，可能要被黃先生跟我媽打死的活動，不知道為什麼就是特別想做，大人說這叫叛逆，但我只是想要做點什麼，證明我是我自己的主人，雖然這樣很愚蠢，但不蠢過一次，哪叫青春？

於是我們趁著大家都入睡了，在那個高中生還沒有手機的年代，在約定的時間，來到飯店外頭的第二根柱子相遇，或許是這種像偷情似的刺激，我一看到柯志城，就激動地上前抱住他，他也緊擁著我，那一刻像是靈魂被彼此釋放，我們接吻，這是我人生最甜的時候。

接著我們四處去玩，坐在公園邊喝紅茶聊天，去吃二十四小時營業的豆漿店，再手牽手去看日出，就這樣，我們像是這世界上唯一僅有的彼此，我們在沙灘上相擁著，但意外發生了，我們居然睡著了。

睡得香甜的時候，全世界都在找我們。

當我們驚醒時，已經錯過集合時間，當下我一陣心驚，但隨後突然有種如釋重負的感覺，遲到就遲到了，那又如何？我以為柯志城會跟我有相同想法，但他卻突然像崩潰一樣地緊張來回踱步。不停地問我怎麼辦，要是被他爸知道，他肯定會被打死。

「我也會被打死。」我說。

他激動大吼，「妳跟我不一樣！」

「什麼意思？」

「妳是私生女，我是長子，我爸是醫院院長，我不能讓他們丟臉。」

「你意思是，我是私生女，我就可以不在乎丟不丟臉？」

「我現在不想吵架，先攔車再說。」

「我以為你很珍惜我們的感情，所以對我們在一起的事，選擇保密，原來不想讓大家知道，是因為我是私生女？」

柯志城只是看著我，然後過了半晌說了一句，「我們還不算在一起吧？」

我整個腦袋空白，像是有人直接把我推入懸崖。

最後，我們沒攔到車，倒是學校的主任找到我們，我被押進車裡，像一個犯了罪的人，我做錯了什麼？

回到集合點的路上，我一直在想，我到底做錯了什麼？

我不知道。

但全部的人都覺得我有錯，因為我們而延遲的行程大亂，大家浪費在等待我們的時間，那些毫不友善的嫌惡眼神，都在說我有錯，原本就在這個團體裡格格不入的我，瞬間更是被排斥在外。

沒有人要理我，我像是隱形人，完全被漠視，這倒還好，但我開始被惡意包圍，不管任何人都可以隨意拿石頭丟我，被關在廁所、垃圾回收室都是小事，被潑水、被丟顏料水球、被淋化學原料，也算了，換套衣服就過了。

可偏偏我帶來的換洗衣物，不是被丟掉就是被剪破，我的課本被撕、被燒、被泡在奶茶裡，被學姊叫去訓話，回答被打巴掌，沒回答也被打巴掌，怎樣都能被教訓，但我不理解，他們憑什麼打我？

憑什麼？他們憑什麼恨我？

這個問題，一直到現在，我還是沒有答案。

我仍然不停地被攻擊，可這些事對我並不是太重要，當時我最想知道的是，柯志城到底想怎樣？從校外教學回來，他就再也沒有找我，甚至我去找他，他還是躲著我，我對他的感情、依賴，像是在菜市場被丟掉的臭魚頭。

我像是個不甘願被拋棄的女人，追著柯志城不放，男同學覺得我很好上，各種難聽調戲的話，我幾乎已經聽到麻痺，成了我聽不懂的外星語，因為我知道自己不是那樣的人，他們罵的人到底是誰？

臭婊子，這三個字成了我在學校真正的名字，然後不知道從第幾天開始，出現了另一句，「跟她媽一樣搶別人的，不要臉。」

什麼意思？

從事情發生到現在，我每天接受這樣的折磨，等著柯志城給我一個解釋，但始終等不到，然後一星期後，我看到他跟另一個女孩公開出入，他們像是天造地設的一對，重點是，那樣的親密程度，不像才剛在一起一星期的樣子。

不可能，這太奇怪了，我好想知道真相，我好想要一個解釋。

於是我課上到一半，直接起身，不顧所有人的眼神，包含英文老師的叫喚，我走了出去，來到柯志城的教室，走到他的位置旁，所有聲音，對我來說都成了空氣，我耳朵嗡嗡作響，我想問他，「我到底算什麼？」

可我的手，比我的嘴巴快，我都還沒問出口，就直接賞了他一個耳光，他似乎沒想到我會這樣，整個人重心不穩翻跌在地，那瞬間我的耳鳴好像通了，我聽到大家的抽氣聲。

就這樣，我被帶到校長室，我媽來了，黃先生也來了，這是他第一次出現在我的公開生活裡。我被關到了另一個小房間，不知道他們在講什麼，我只知道我很快要被教訓，且此時此刻，我根本也還沒要到半個解釋，但我沒有後悔。

不知道過了多久，我被帶出來。

看到黃先生旁邊站著一個熟悉的身影，她緩緩走向我，我看清楚了她的臉，就是這陣子出現在柯志城旁邊的女生，我看過她勾著柯志城開心在走廊笑著的表情，是我羨慕的樣子。

她給了我一巴掌，轉身離開時，我似乎看到她某種得逞的笑容。

我莫名其妙，然後看到黃先生嫌惡地看了我一眼，跟在那個女孩後頭，走出了校長室。

我完全不知道現在是什麼狀況，就被我媽拽走，我沒有看過她如此痛恨我的眼神。

我回到家，我媽拿了皮帶不停抽我，恨不得殺死我。

我放棄掙扎，活著對我來說，真的有點辛苦。

可我媽還是沒打死我，我對她還有利用價值，我是她跟黃先生之間的聯繫，我身上有黃先生的血，那是她最大的籌碼，不知道是她放過我，還是打累了，她放下皮帶，憤恨問我，

「妳故意的嗎？」

我不懂。

「妳是不是故意的？去搶黃楚雯的男朋友？」

「她是誰？」黃楚雯是誰？

「妳爸的女兒，妳不知道？」

「我為什麼會知道？」我從小只知道我媽是個小三，其他的我有資格知道嗎？誰都不曾向我交代過什麼，彷彿我在這個世界上除了我媽，沒有別的親人，我人生沒有別的位置，就像被困在這裡一樣。

我無助、徬徨，但沒有人在乎。

活了十七年，我現在才知道，黃先生的太太生了一男一女，兒子正在念研究所，而女兒跟我同一間學校，大我兩歲，三年級的學姊，柯志城隔壁班的同屆，兩人是交往兩年的校對，這些我都是此時此刻才知道。

然後，我瞬間起了雞皮疙瘩，難道，這一切都是假的？

全校幫著黃楚雯在我面前演了一場戲，我還傻傻相信我跟柯志城的相遇是天注定，甚至自以為是地享受別人羨慕的眼光，那些說我跟柯志城很配的同學，全是黃楚雯的幫凶？結果一場校外教學的意外，讓這場騙局提早被拆穿而已，真的是這樣嗎？我不敢相信，也不願意相信。

我那麼認真的初戀，最終只是一場算計？

惡意沒有停止，證明了先前的猜測都是真的，我重新回到地獄，痛苦的萬丈深淵，我被眾人唾棄，包括我的母親，我像犯了死罪，接受所有人給我的凌遲，我每天都會帶著不同的傷口回家，而因為黃先生氣我，完全不接我媽的電話，我媽把氣再出到我身上，我的每一道傷，分不清是誰打的，但也不重要了。

就連老師看到我在課堂上被同學拉到後頭去賞巴掌，他們也一樣繼續上課，我耳朵還聽到數學老師琅琅的聲音——

設 $x, y \in Q$ 且 $x\sqrt{3+2\sqrt{2}} \square y\sqrt{17 \square 12\sqrt{2}} = \sqrt{18 \square 8\sqrt{2}}$，則（x, y）等於多少。

我知道答案，但我被打到無法回答，接著在放學的時候，隔壁學校的人也來堵我，我當下完全沒有害怕，只是覺得想笑，或許換作別人是我，會覺得乾脆去死就算了，但我沒有，我想看最後是誰會殺了我，至少有罪的是他們。

當我被連拖帶拉地，就要被拖出學校時，突然有人拿幾包垃圾往那些壞學生丟去，一個阿姨衝出來，拿著夾垃圾的鐵鉗子朝那些人喝斥揮舞，「我報警了，你們這些學生真的很糟，書都不知道讀去哪裡……」阿姨氣吼之餘，還拿出哨子吹著，最後那些學生怕引起更大的紛爭，只好作罷跑走。

阿姨拉起我的手走人，我默默被她牽著，沒有拒絕也沒有多說什麼，這時候就算有人要殺我，我也會靜靜地讓他們殺，不做任何掙扎，因為對我來說，根本連求救都不想。

我被帶回阿姨的家，她家很簡陋，某處放著一堆未清掉的啤酒瓶，感覺家境並不好，某個破舊的櫃子旁，一個男孩國小的畢業照掉落在地，相框都撞壞了，還有一個被用剪刀剪壞的某國中書包，我沒多問，十七歲的我，還沒有能力幫別人消化他們的過去及傷心。

阿姨幫我上了藥，我沒覺得痛，或許痛是可以麻痺的，而我已經麻木了，尤其是身體上的痛。阿姨從頭到尾都沒對我說什麼，好像她早就知道我傷在哪裡，藥就會往哪裡塗，最後她幫我把裙子拉好，「忍很久了吧？」

我好奇地看著她，她拿了一瓶今天到期的牛奶給我，「我只有這個可以給妳了。」頓時，我覺得眼前這個女人是瘋子，怎麼可以有人是這個樣子的呢？她把她最後覺得重要的東西給了我這個陌生人，而時不時朝我叫囂的女人，卻從來不覺得我重要。

我第一次發現，這世界，有另一種運行的方式，叫作溫暖。

我把那個新鮮屋包裝的牛奶打開，喝了一口，然後把剩下的放到她手上，她猜測著我的意思，「不想喝了？」「不要喝了？」「壞掉了嗎？」接著她嚐了一口，發現沒壞，我指著她，她恍然地問，「要我喝完嗎？」我點頭，她笑了笑，摸摸我的頭，把那一點點牛奶喝完，在她帶我離開之前，我把那個牛奶空盒放進書包，接著把男孩的照片撿起放回櫃子上。

像是一種祈願的儀式，希望她也能好好的。

接下來的日子並沒有什麼不同，我一樣成為學校的公敵，不一樣的是阿姨會掩護我，她把學校裡幾乎沒有人會去的地方，畫圖標示給我，還會註明幾點到幾點絕對安靜，我就在這些隱密的地點苟活著。

我曾向我媽提出轉學，但她不肯，她說在哪裡跌倒就在哪裡爬起來，我得要在這個富二代的孕育搖籃重新站起，私生女也要有名聲，我沒資格當亡命之徒，聽說黃先生的私生女之亂話題，還在他們企業圈裡發燙。

我媽明明也看到我的傷口，但她不聞不問，假裝沒有看到，的確，很多事眼不見為淨，就可以說服自己它沒有發生，她的女兒很乖，她的女兒功課很好，她的女兒在學校很受歡迎，她的女兒會再替她爭回一點榮光，好讓她可以更接近黃家大門一點。

所以我覺得我媽很噁心，不是在於她把我這個女兒當工具，她要是真心愛黃先生，或許我還覺得自己有那麼一秒，是她曾經盼望過的，可後來當我知道自己不但有黃先生這位親父，還有算不清的叔叔伯伯……

我媽最愛的人，還是她自己，那些男人不過是她的浮木，而當她沒有美麗當本錢之後，我才慢慢地成了她的救生圈，當她上岸後就毫無用處的救生圈，她之所以還緊抓著我不放，不是她愛我，而是她還沒上岸，她就是全天下最不適合當母親的人，幸好可憐的人只有我一個。

幸好，三年級很快就要畢業了，而我被同學故意選為典禮的幫忙小學妹，被迫看著黃楚雯及柯志城上台領獎，大家都想看好戲，可惜我早已沒有感覺，那些留在我身上的疤都還清清楚楚，但只有我記得它曾經有多痛。

十七歲的我看著他們快樂的笑容，很想問他們一句，「你們怎麼不去死？」但那時候的我，沒有勇氣說出口。

四十一歲的我，此時此刻說了。

對著現在的柯博裕說了這句，「你怎麼還沒死？」

或許，成熟的人會笑我現在的不成熟，在我受到那樣的創傷，我應該要長大、要灑脫，更像個四十一歲的女人一樣，充滿智慧，帥氣又理智地扳回一城，就像大家現在最喜歡說的「堅強活著，好打那些人的臉」。

So?

我為什麼要證明自己好去打別人臉？我為什麼要接受這些難堪、欺凌，與傷痛，然後還得要藏得好好的，用著以為與生俱來就會有的堅強，告訴這些人，我不痛？我沒事了？我很好！

告訴全世界，他們對我所做的一切，都不會對我產生影響，我為何得要堅強到這種程度，來假裝自己很厲害？

我一點都不懂，那些傷疤是淡了，但還在，我偶爾都還會做著我在教室走廊奔跑就怕被抓去虐待的惡夢，而他們仍舊一而再、再而三地把那些親手給別人的傷害，化作雲淡風輕，這世界為什麼是這樣運作的？

四十一歲的我，還是不懂。

柯志城還是那樣子，用著所有人看到都會認為的暖男微笑，露出擔心的眼神看著我，好像我有病，可事實上有病的是你們這些人啊，拿別人的感情當作玩笑，好笑嗎？

畢業典禮結束那天，柯志城叫住我，他告訴我，自己只是想替女友做點事，替她教訓小三的女兒，但他沒辦法打人，只好愚弄我，把情竇初開的我，逗得團團轉。

「我後來真的覺得不對勁，所以有跟楚雯說不要這樣了，但是她堅持，所以我只能……對不起……真的，我沒有想要欺負妳，我也不知道為什麼事情會變成這樣……我阻止不了大家……」

我很想給他一巴掌甚至一刀，但我不敢，我居然不敢，這個人把我的十七歲傷得體無完膚，我該為自己討公道、出一口氣，但我不敢，我只是轉頭從我的十七歲逃走。

直到這一秒，我並沒有證明四十一歲的我有多強，而是經過了這麼多年，我還是逃不走，我像飄在空中的碎片，撿不回也拼不齊。

「妳還在生氣那年的事嗎？」柯博裕這樣問我。

我該怎麼告訴他，恨跟氣的距離有多遠？天真的到底是我，還是他？

「那時候真的是年紀太小不懂事。」他繼續說。

「你確定你要繼續說下去？我可能會忍耐不住，我不知道接下來會發生什麼憾事，勸你閉嘴，然後閃開。」因為我要走人，我不想再多看這個噁心的人一眼。

「我知道妳很恨我。」

「知道還不滾？」

「其實我也受到懲罰了。」

「什麼意思？」

「我過得不好。」他說得滿是感慨。

我無言以對，「那不是應該的嗎？你這麼懦弱、這麼無能，要是你這種人還過得很好，不是太不公平了嗎？」

他深吸口氣，細數他的日子有多慘，「我考了三年醫學院才考過，因為傷害妳，讓我良心不安，後來我也跟黃楚雯分手了，好不容易當上醫生，卻也不怎麼順利，我離婚兩次，我知道這都是老天爺給我的處罰……」

我難得地笑了出來，「所以你把你人生的不順，推給因為你過去傷害我？是我的怨念詛咒你，讓你過得這麼差？」

他沒回答我，但顯然認同我的推測，我真是對這樣的人感到無能為力，他連認錯，都覺得自己委屈，其實從頭到尾，他還是沒有意識到自己真的錯在哪裡，完全不意外，他的人生是被他自己搞砸的。

跟我一點關係也沒有。

被硬生生拿石頭砸出傷口的我，卻還要承受這樣的罪名，我何其無辜。

不過，我對他的怒意、憤恨到此結束，我何苦再去對一個可悲的人有敵意，他這輩子就這樣了吧，看在他活得如此窩囊的份上，我原諒他了，我甚至也原諒了這個一直不想再面對他的自己。

繼續對一個廢物有反應，那廢的人就是我了。

「我現在才知道自己這麼厲害，但如果我要懲罰你，我希望你這輩子窮困潦倒，還當什麼醫生？你配嗎？你有愛人仁愛的心嗎？你自始至終愛過人嗎？看起來是沒有，很遺憾在這裡看到你，因為我原本希望這輩子你都不要再出現在我面前，可見老天爺今天處罰的是我，不是你。」

我淡淡說完，轉身走人，看到邱醫師在不遠處等我，她見我跟柯博裕聊完，馬上過來關心，「妳臉臭到我快嚇死了。」

「難怪妳會離婚，妳眼光到現在還是很差，好的才介紹給我？妳真的要去祭改，妳兩隻眼睛都不好。」

邱醫師抗議，「他真的很認真啊，而且他會離婚，是老婆劈他腿，還是連續兩個老婆……」

「那妳怎麼不想，被劈腿的人是不是哪裡有問題，為什麼大家敢傷害他？」

「妳這是在檢討被害人？」

我笑了笑，「這不是很正常的事嗎？這社會就是這樣。」我這個被害人，出聲被檢討到現在，再怎麼不能接受、不能習慣，但這就是事實，大家只會把問題推給不出聲的人。

但我不會因為他是受害者而同情他，只能說活該。

「沒胃口了，改天再請妳吃飯。」我拍拍邱醫師後，決定先離開這個討厭的地方。

邱醫師或許也清楚這媒人的戲碼是搞砸了，她不再勉強我，只是不停地提醒我，「反正，妳要記得去照胃鏡啊，聽到沒有，妳的胃要壞了！」

早就壞了，我全身上下哪有不壞的地方？

我沒回頭，只是揮了揮手，接著走出醫院，準備要上車的時候，我似乎聽到了一道很淺的嗚咽聲音，我以為是貓躲在引擎蓋裡，我想著先去打開確認後再開車，沒想到卻看到一個男人癱坐在我車後方不遠處哭著。

我愣住，頓時腳好像黏住一樣，就這短短一秒，那男人抬起頭朝我看來，我們的眼神就這樣接觸到了，是那個自撞的男人，但不同的是他受傷的地方包紮好了，看起來似乎沒什麼大毛病，可能是淚腺出了問題。

我很尷尬，我應該要假裝沒看到，或是假裝檢查我的後車廂，好當作我其實沒有看到他在嚎啕大哭，但不知道為什麼，我就是假裝不了，他哭得好慘，聲嘶力竭的那種哭法，並沒有因為被我看到，而停止哭泣，我就這樣靜靜地站在原地看著他哭。

可是，我安慰不了人，我也不知道他哪裡需要安慰，他就哭著看我，像是在對我哭訴一樣，我感受到他的悲痛，我卻說不了一句，沒關係。

不知道時間過了多久，我的手機鈴聲響了，把我拉回還有其他聲音的世界，我收回眼神，迅速接起電話，是海洋打來的。

「雪曼姊，我們想幫Elva辦個歡送會，晚上一起？」

通常我都會拒絕的，但或許是這個男人的眼淚嚇到我，我可能有些神智不清地應了聲「嗯」，然後聽到海洋開心地說，「太好了，我們以為妳會拒絕，那就算妳一份，晚上七點半在花豹餐酒館喔！」海洋很怕我反悔似地，馬上就掛了電話。

我的確是想反悔，但我這個人偏偏個性很硬，說出口的事，我就是會做到，因為這樣，我吃了很多虧，也受到很多傷害，但要我重選一次，我仍舊會走上最困難的那條路。

就是這麼犯賤。

當我收起手機抬頭時，那個男人已經不見了，如果不是白天，如果不是已經見過他出事的那次，我肯定覺得自己見鬼了，但這一秒，我突然鬆了口氣，或許，他已經傷心完離開了。

如果是這樣，那就好了，為什麼世界上傷心的人要這麼多呢？有我一個還不夠嗎？

我收拾情緒，趕緊繳費，開車離開停車場，才剛開到第二個路口，我發現前面車子擋住了，明明是綠燈，可是行車路線卻是停擺，接著我聽到了憤怒的喇叭聲，我把車窗按下，聽到此起彼落的咒罵聲，再往前一看，我看見那個哭泣的男人就站在大馬路中間，他沒再哭了，但表情像是放棄了全世界一樣。

有些車子閃過他，繼續往前行，我也開始順著車流離開，但從後視鏡看到他還站在原地，我不知道自己是胃痛到腦子出問題還是怎樣，我把車子停到一旁，然後下車，冒著生命的危險衝到他旁邊，直接把他拉到路邊。

他茫然地看著我，我給了他過來人的建議，「想死就自己去死，不要害到別人。」

我說完，轉身離開，他卻用很好奇的語氣問我，「可是我想活，我只是不知道該怎麼活下去。」

「吃飯睡覺吃飯睡覺吃飯再睡覺。」我說，我不知道自己哪來的時間在這裡跟他廢話這麼多，但總而言之，我就是做了這件事，很不像我自己，可我的確是做了這件事。

「睡不著吃不下。」

「關我什麼事？你要死要活都只跟你自己有關，關別人什麼事？」

「那妳為什麼要拉我？」

他反倒問我這句話，我很直接向他坦承，「我後悔了，你可以再站回去，不攔。」

我說完走回車邊，正要打開車門的時候，一隻手把車門再關上，我轉頭看去，還是那個男人，正常來說，我該感到害怕，但我沒有，我只是一臉「你想幹嘛」的表情看他。

然後他對我說了一聲，「謝謝。」

接著他走上人行道，默默離開了。

我看著他的背影很久很久，他的聲音也一直在我腦海裡迴響，我也曾經對一些人說過這兩個字。

包括在十七歲給我祕密地圖的那個掃地阿姨，她掩護我、帶我回家替我擦藥，偶爾還有空檔的時候，她會煮泡麵給我吃，她從來不問我，「妳為什麼會變成這樣？」她就只是關心我的傷口，問我餓不餓，直到有一天，我也在她身上發現類似的瘀青，我才知道她有個會家暴的老公。

我也沒有問她，「為什麼不走？為什麼不離開？」因為我媽也沒有離開黃先生，生命裡有很多的苦衷，是別人一輩子都無法理解的，我只能拿過藥，也替她擦著，她也對我說了一句：「謝謝。」

這兩個字成了我們之間唯一的語言。

直到我發現已經一星期沒在學校看到她，我忍不住好奇心，在放學的時候，默默地往她家方向走去，我甚至想好，要是不小心遇到她，我要用「走錯路」來當我的理由。

但我沒機會用。

走到她家門口時，我聽到男人一連串的咒罵聲，聽到阿姨求著他別再打的聲音多麼卑微，我本想離開，但我好想看看那男人的臉，是不是跟黃先生長得一樣薄情。

我移動腳步，走到她家後門，從窗戶裡看到一個被打得奄奄一息的男孩躺在血泊裡，而他似乎也發現我的存在，我和他對望一秒，但對十七歲的我而言，那畫面太過血腥，我都還沒反應過來，一道反光閃過我的眼睛，我定睛看去，看到阿姨發了瘋似地拿著水果刀揮舞，她左手拿起一個碗往那男人砸去，見男人閃躲的時候，阿姨拿著刀就要往那個男人的肚子刺過去，這時我拿出她送我的哨子吹著。

發了瘋似地吹著，阿姨嚇得刀子掉落在地，那男人狠踹阿姨一腳後，也馬上跑離，阿姨抬頭看到窗外的我，她哭了出來，我無法承受她的痛哭，我轉過頭後跑走，拚命地跑著，我不知道我制止阿姨殺那個男人是對是錯，我不知道自己是不是干涉了別人的人生。

我只知道，從那天起，我就再也沒有見過那個阿姨。

只聽說她向學校提了辭呈後搬走了，我向主任詢問那個阿姨叫什麼名字，主任只叫我把書念好，卻什麼也不跟我說，阿姨的家就此成了廢墟，沒有任何人煙，幾年前我再回去看的時候，已經成了別人的新家。

好好的、新新的，用著最好的建材，美觀的設計，成了所有人經過都會忍不住停下來多看一眼的家。

沒有人知道它曾經多麼骯髒過。
沒有人知道……

餘地

每天都要努力地活下去，才叫負責嗎？
對我來說，承接那些人生造成的傷口，還要裝笑裝堅強，
才是對自己不負責任。

高中畢業後，我毫不留情地考了離臺北愈遠愈好的學校，想離開這個連吸空氣都會讓人傷心的城市，我媽也不在意，只要是能講得出口，能讓黃先生長臉的一間大學就可以。

我這個私生女，反正也不會多常被提，就是你一件高貴的衣服上，不小心沾到一點墨魚汁，你不注意看也不會發現的那種程度，我不過就是那些人身上的一個點，沒有人注意。

到臺南念大學，我從沒有思念過我媽跟臺北，倒是幾次不經意想起這個掃地阿姨，不知道她好不好，還有沒有被老公打？應該是去了別的地方，跟我一樣過著還算可以的日子？幾次我被情勒回臺北跟我媽和黃先生吃飯的時候，我總是會特別經過那個地方。

那個在痛苦之際解救我的人，好像從另一個宇宙來，又去了另一個宇宙一樣，像夢、像一個幻境，該不會那是我想保護自己而產生的第二人格？為此，我還很認真地研究了一下關於人格分裂這件事，但最後得到一個結論，人格分裂的是我媽。

她仍在幻想自己被黃先生承認的那天，在她生日的時候，強迫我丟下我的報告回臺北，把我打扮得像公主一樣，而她就像古代的妃子，待在她的冷宮裡，等待黃先生前來寵幸，但始終沒有被翻牌。一過十二點，我媽就扯下她的衣服，在屋裡暴走，崩潰吶喊，把家裡能摔的東西全摔爛。而我，就泡了碗麵，靜靜地看著她發瘋，她不能接受地對我說：

「他怎麼能這樣對我？已經一個月沒來了，今天還是我生日！」

「他有給妳錢算不錯了吧？」

我媽停下砸盤子的手看我，「妳什麼意思？」

「他其實可以不用管妳，但他還是每個月都給妳生活費，以他給妳的價格，要去外面包養跟我一樣大的女大生，可以包養三個……」我話還沒說完，她搶過我的泡麵直接潑向我。

幸好那碗麵是冷的，我用冷水泡的，也不知道是多久前買的，但一整天都沒吃的我實在很想吃點東西，我媽過去幾次為黃先生尋死覓活的時候，我就叫黃先生把家裡的瓦斯與天然氣都停掉，免得改天整棟大樓因為我媽而出事，我不想背那些罪。

我也是被潑得很習慣了。

「妳是我女兒。」她嗆我。

「那又怎樣？」

「妳就要站我這邊！」

「妳難道不知道我有多恨妳把我生下來嗎？妳憑什麼決定我是小三的女兒？妳要當人家小三關我屁事？為什麼要拖我下水？到現在還在妄想升級成正宮？不要那麼丟臉好不好？人家有的媽媽自己生孩子，靠自己雙手養孩子長大，妳就只會靠男人！」

想當然耳，太過誠實，只會換來一巴掌。

還超級火辣。

於是，我迅速回房間，換了T恤牛仔褲，拿了我的包包搭上統聯客運，一路坐了四個小時回到臺南，我整個人才有活過來的感覺。

我只是不時會疑惑，我為什麼要這樣狼狽地活著？

真的，每次都好狼狽。

就好比此時此刻，我收拾好一切情緒來到Elva的歡送會。

我一直都覺得老闆是個讓人很不自在的東西，即便你再隨和、再親切、再把大家當一家人，他們都不可能多自在，很明顯的，甲方跟乙方說話的權力就不對等了，所以我始終喜歡付錢，我只要多付一點薪資、多給一點福利，把對的人擺到對的位置，就可以省下很多時間，去處理很繁瑣的事。

Elva沒有很亮眼的學歷，基本上，第一輪我就會刷掉她的履歷，但絕對不是因為她的學歷，而是她的星座，我對我媽敏感到同星座同血型同生肖的人最好都不要用，不合就是不合，真的不要強人所難。

但就在我怎麼也找不到滿意的助理時，我請當時的工讀妹妹整理所有被我刷掉的履歷，摘錄求職者的自傳就可以，我覺得或許這樣不戴有色眼光，會比較容易找到人。

於是我在二十幾篇自傳裡看見了Elva，一看完她的自傳，我就打電話叫她來上班，她並沒有把自己寫得多厲害多可憐，即便她從小到大的確受了很多苦，父母離異，最後她跟弟弟成了兩邊的皮球，她寫了一段話，「我想證明，是我的背景造就我的堅強和韌性，我想感謝自己很勇敢地生存下去。」

她這句話，把我的臉打得啪啪作響。

我像是有些負氣地讓她來上班，就是想看她在經歷我的荼毒之後，是不是依然感謝自己做的決定，但我被她打敗，這期間她幫我處理了很多雜事，有很多次我已經一把火提上來想嗆眼前的客戶還是廠商，而她會笑笑地把我帶開，問她可以試試看嗎。

接著那個人就會像被施了魔法一樣，被按捺得好好的，當然工作也就很順利完成了，她甚至小了我十歲，我比不上她，我一直都覺得，像她那樣努力向上才算是活著，我不過就是在呼吸而已。

她大學畢業跟著我到現在，已經三十歲了，我知道我們總有一天要離別，只是沒有想到那麼快，但無論如何，這麼溫柔的人，是該四處去發光的，我不能阻擋她。

我才剛走進這間距離寓所最近的酒吧，就被Elva一把抱住，我來得太晚，而她已經喝茫了，開始說著各種對我的感謝，然後大哭出聲，我們頓時成了全場的焦點，但這正是我最想避免的，我眼神看向海洋，她馬上跟凌菲過來幫我拉開Elva，讓我暫時可以走到我們的區域，讓我可以放心自在地跟我認識的人相處。

凌菲幫我準備餐具，叨唸我，「也太晚了吧！我們都要去第二攤了！」

海洋幫我倒酒，「妳不會原本不想來的吧？」

才剛坐定的Elva又坐到我旁邊緊緊抱住我，「老闆，妳好狠心，怎麼可以直接就趕我走？我跟妳那麼多年，妳不覺得妳這樣很渣嗎？妳只要說一句，我真的可以不用去留學……」

「我不想阻止。」我拒絕了海洋倒給我的酒，「我開車來的。」

凌菲馬上說，「我們可以一起坐車回去，明天再來開。」

「我明天還有很多工作。」我說。

藍一銘遞了杯咖啡給我，「真的不用這麼拚命。」

海洋沒好氣地瞪他，「叫她別太拚命，你還給她倒咖啡？」

藍一銘反駁海洋，「妳有看過她喝咖啡、酒、水以外的東西？都來這裡了，當然要喝點有味道的啊！」

我接過咖啡，「不管我有沒有喝，我都睡不著，沒事。」頓時，整桌的人都安靜了，我就說我是個掃興的人，這種場合真的不適合我。

但喝茫的Elva還是具有暖場的功能，她頭靠在我肩上哭著，「雪曼姊，妳現在挽留我還來得及喔，我機票還沒買。」

「妳是在叫我贊助妳機票嗎？OK啊！」我說。

她生氣地推我抗議，「叫妳留下我的意思啦，吼！我有賺錢，謝謝妳讓我存了不少錢，我這輩子最想感謝的人就是妳，妳知道妳打電話叫我來上班的時候，我有多開心嗎？我覺得自己中頭獎了！我跟我弟說，老天爺肯定是看到了我的努力，所以給我的回報……」

我差一點就要把埋藏多年的真相講出來，跟老天爺沒關係，祂什麼都看不到，是我看到的，我只是抱著好奇的心情錄用她，但這些話我全部吞下。

能讓她有個美好的結局，也算是我這個老闆該給的。

凌菲嘖嘖稱奇地說：「我第一次看到Elva喝這麼醉。」

「當我的助理沒時間醉。」我說，大家一致同意地點點頭。

海洋好奇問我，「但這麼臨時，妳要去哪裡再找一個助理？」

我對海洋說：「不用找我的，找妳的助理。」

大家錯愕，海洋好奇地想再追問時，一個巴掌聲響起，在這喧譁吵鬧的時刻，正常應該聽不到的，但這種八卦的聲響卻在此時顯得特別刺耳，所有人好奇地往同一個方向看去。

對，就是巴掌聲的來源。

連我也忍不住回頭看去，我看到一個好久不見的人，自她畢業後，我們就再也沒有任何交集的一個人，她正對著某名男子拉扯打鬧，全場安靜到只剩下音樂的時候，她的聲音更加好認。

「你到底要騙我幾次！還帶妹仔來這裡喝酒？你是不是想死？信不信我叫爸解除你的職務！」

是黃楚雯，二十多年沒見，她沒什麼變，頂多就是成熟了，但臉還是很緊，有錢就有美麗，更何況她是黃先生的千金，雖然我對黃家的事並不在意，可偶爾我媽打電話來跟我叫囂生氣的時候就會罵莫名其妙的話，像是「妳就不如黃楚雯，還不知道巴結，至少讓妳爸幫妳找個好人家嫁。」「黃楚雯都嫁兩個有錢人了，妳看妳！」

好像我只要想辦法嫁給三個有錢人，人生就無敵了。

我懶得跟我媽多講，通常就是直接掛她電話，不然又是一場打到你死我活的戰爭，總要有個人敗下來，才會結束。

那男人沒有妥協，只是冷冷對她說，「隨便妳啊，笑妳不敢，妳最好不要在這裡鬧，我們還要在妳爸面前演恩愛夫妻，妳爸還有辦法接受妳再離一次婚嗎？給我回去！」男子一臉猖狂。

黃楚雯氣得想再給他一巴掌，結果被男人推倒在地，我靜靜地坐在角落看好戲，沒想到下一秒看到藍一銘上前扶她，我真的差點綜藝摔，無言以對，乾脆轉回頭不看，就怕跟黃楚雯對到眼。

黃楚雯在先生帶的妹仔面前這樣被羞辱，自然不接受，繼續對著男子拳打腳踢，「是我看得起你才嫁你，你敢囂張？」夫妻打起架來，旁邊的人退避三舍，就偏偏我們這桌的人正義，連海洋都過去幫忙制止，「欸，不要打女人喔！」

我真的好想發出怒吼，「黃楚雯超欠打的好嗎？」

不過我不會，被命運操控久的老油條，知道什麼時候離場是最好的時機，就是right now！離開這個可能會跟黃楚雯碰上的地方，我拿了包包決定起身走人，沒想到正巧黃楚雯被海洋跟藍一銘架開，就退到我面前，還撞上了我。

她轉頭看我，眼神瞬間從羞慚轉變成熾熱的恨意，我這根老油條，現在正在油鍋裡被大火狠狠滾炸。

她看到我的第一句是問，「妳在這裡幹嘛？」就像她那時候看到我，狠狠打我一巴掌，像在打蚊子，打一個世界上不該存在的東西，她一直就是這樣嫌棄我的表情，還有我忘不掉的語氣。

可是，我雖然還是江雪曼，但我也不再是二十多年前那個會害怕的我。我已經進步到成為可以讓別人害怕的存在，至少Elva怕我，曾經怕過。

我直接上前一步回應她，「不管我在這裡幹嘛，至少跟妳不一樣。」

「妳什麼意思？」

「回答妳的問題。」

她似乎很不滿意我的答案，或許是語氣，她雙手抱胸地瞪著我，然後對我說，「妳再給我說一次！」

我發現黃楚雯變了，她以前眼裡有的東西是自信，現在只有自卑，時間真的改變了好多事，可以讓一個人變得更好，也可以讓一個人變得更壞，現在的她，讓我覺得她很慘。

我覺得自己不能再有任何攻擊力，用話語去傷害一個自卑的人，我做不到，所以我決定直接離開，眼角看到大家好奇我為什麼要走的表情，但我沒辦法解釋，沒想到下一秒，黃楚雯就直接對大家說了，「妳媽死不要臉地賴在我家，妳怎麼不帶走？」

此時此刻，我知道聚光燈在我身上，亮到眼睛都睜不開的那種，所以我只能迎戰，我回頭對黃楚雯說，「妳可以把她趕走。」

「跟妳媽一樣不要臉。」她罵我。

「沒有別句嗎？」我上前站到她面前，距離不到十公分，她頓時氣弱，退後了一步，但那張嘴還是不放過我，「妳跟妳媽一樣賤。」我終於明白網路上說的那句話，很想賞她巴掌，但怕髒了我的手。

「沒長進！」我只丟了這三個字給她，竟然換她要呼我巴掌，我迅速抓住她的手，「妳敢碰我試看看，我會告妳傷害，然後再集結那些高中被妳霸凌過的人，我知道我不是唯一一個，不曉得黃先生知道了，還會這麼疼妳嗎？聽我媽說，妳現在地位也跟她差不多而已？」

黃楚雯的老公很白目地大笑出聲，先是向我打招呼，「喔，妳就是那個沒見過面的小姨子喔？」有些醉的他還想跟我握手，「妳好妳好。」我退了一步，沒想跟他打交道，接著他又轉身指向黃楚雯說，「沒想到我老婆居然有霸凌過別人？原來是這種人啦，跟結婚前說的都不一樣，什麼教養好又體貼，笑死人了，跟妳睡這麼久，要知道妳喜歡這麼刺激的，搞不好我不會外遇！」

她不敢打我，跑去打她老公，然後就一頓家暴現場，兩人再次互相拉扯計較，但這次海洋、藍一銘跟所有寓所工作的同事們，再也沒有人上去勸阻這對驚世夫妻，他們都很意外地看著我。

好像我是一尊玻璃娃娃一樣，一碰就碎，但他們不知道的是，我早就碎過很多回，都是我自己一塊塊把自己撿回來拼好黏好，那些傷口是連結我碎片的膠水，我多少年前就已經不在意黃家任何人跟我媽帶給我的痛，這些早就傷不了我，現在當然也是。

我深吸口氣，轉頭看著他們，口氣很平靜地說：「不要這樣看我。」

他們同時把眼睛移向別的地方，開始聊一些有的沒的，比如今天天氣晴朗無雲二十七度等等，只有藍一銘比較勇敢，他好奇過來對我說，「姊，妳比妳姊漂亮很多耶。」

我只是淡淡地對他說一聲，「閉嘴。」

但我知道這一瞬間，他們都明白，也都知道，也不過問。

我覺得這是成年人最好的相處，看破不說破。

都這個年紀了，不是只有我的日子才是日子，我經歷我所經歷的，所有人也都會在那個時候，經歷他們經歷的，我支離破碎，他們也不見得全身而退，活著的每一天都是場戰爭，我們都還沒死，所以現在在這裡。

如同我能理解他們的，他們也會用同一種方式回饋我。

好比當初海洋來我這裡應徵行銷的時候，我看到她茫然的眼神，就決定錄用她，不知道為什麼，我總覺得她找不到的東西，這裡有。

她也終於找到了，那就是安定。

人總是會對跟自己有相同遭遇的人感到同情，那種磁場很相近，就好比海洋跟父母關係不好，Elva和父母緣分淡薄，同類總是特別能嗅出對方的味道，大家想隱藏的東西都一樣，這時候就是盡最大的可能去理解，不花力氣地去體諒，這是我們對同類的體貼。

我相信能和我一起工作的人，在某部分來說，都是我的同類。

那種被迫攤在群眾面前的赤裸與不適，很快被他們撫平，他們圍起了一道保護網，把我圈在裡面，我們一起看著還沒結束的鬧劇。

正當我疑惑一間店怎麼都沒有半個店員或是老闆出來處理的時候，一道低沉渾厚的聲音在前面不遠處響起，發話者拿著麥克風，語氣冷淡地拿著一張紙說：「杯子破七個三千五，盤子破三個六千，打擾我做生意的時間十四分鐘又三十五秒，超過十五分鐘十萬，請兩位打架的先生女士到櫃檯結帳，現在離開只要付九千五，再十秒不走，就要付十萬九千五。」

這人不就是今天下午我在路上拉回來的一條命？他居然是這裡的老闆？這間店在寓所附近開了五、六年，我路過經過沒有進來過，而這種一天巧遇這麼多次的機率有多低？

在我思考的時候，黃楚雯狼狽地趕緊離開，但一如她風格，不忘給我一個怒瞪，不知道什麼意思。

她老公有些醉意，臉上帶著黃楚雯剛剛的抓痕，搖搖晃晃地去結帳，原本靠在他身上的妹仔早在衝突爆發的時候，便閃得不見人影，現代人的愛情，還是這麼沒有價值，要不是藍一銘是個人，我真的會以為這世界上的男人都是王八蛋。

台上男子說完之後，把音樂放得更大聲，喧鬧聲回來了，工作人員不知道什麼時候清掉那一地殘骸，好像剛才那十幾分鐘只是一個小小的暫停，大家當看看廣告就過了，但那卻是一個女人落魄婚姻的展現，真是諷刺！

的確，別人的痛不是自己的痛。

接著他緩緩走向我，我在想他是不是認出我了，要過來向我打招呼，但我希望不要，我現在還沒辦法把眼前的他，跟今天情緒崩潰的人連在一起，所以我退了兩步，還低下頭，在心裡默唸著，「不要過來、不要過來……」

然後他真的沒有過來，正確地說，他無視我，直接走到藍一銘面前，兩人居然打起招呼。

「搞什麼，這幾天有時候店都沒開！」藍一銘問他。

他聳聳肩，一臉沒啥好說的表情，「忙。」

「對了，我老闆在，跟你介紹一下。」

他沒認出我，我都還來不及覺得自己想太多的時候，藍一銘卻不經意地把我往坑裡面推，他把人推到我面前說：「雪曼姊，這是我高中同學，後來他在這裡開店才再相認的，他叫謝紀江，白天做水電，是不是有點迷人？欸，阿江，我老闆以後也會是你老闆。」

「什麼意思？」我很直覺地脫口。

「維修我們水電的鄧師傅要退休了，我有跟妳提會找我朋友來做啊！就是他啦！欸，阿江，叫人啊！」

他看著我，露出很客氣的微笑，彷彿我們的確就是這個時候才初次見面一樣地說，「妳好。」

我點點頭，「以後就麻煩你了。」

「應該的。」他朝我點頭致意後，又跟藍一銘聊起天來，很熟絡的樣子，不說可能沒人知道，他白天才狠狠哭過，但我沒必要為了證實他們是不是同一個人，而去問藍一銘，你有看過他哭嗎？跟現在完全不一樣。

人都有很多面，有想被看見，也有不想被看見的，我也有。

今天已經過於袒露。

我覺得自己可能需要離開，但Elva好像察覺我的意圖，一有個風吹草動就抓著我的手說：「妳要去哪裡？我們今天最後一天碰面耶，雪曼姊，妳陪我一下會死喔！我也陪妳啊，妳為什麼要讓自己這麼孤單？拜託妳胃痛不要再吃止痛藥好不好？今天邱醫師有打電話說妳又去跟她拿藥了……我怕大家擔心都不敢說。」

好喔，那妳現在說這麼多是怎樣？看起來是發酒瘋。

海洋、凌菲跟藍一銘都看向我，眼神擔心，包括謝紀江也轉頭看我，我不想多說什麼，只是交代海洋跟凌菲，「不要再讓她喝了，我出去透透氣。」我說完轉身就走，Elva還在我身後喊著，「妳要回來耶，不要騙人喔！江雪曼！」

不知道給她的津貼現在還能不能拿回來，真的有夠欠揍。

我趕緊走到外頭，大口大口地深呼吸，然後拿出香菸點燃，任何傷害身體的事我都做，對這個世界實在感到太過厭倦，不能理解我為什麼要努力讓自己活得太久？

這種想法，大概在我國小四年級就有了，人難道沒有權利結束自己不愛的日子，決定重新投胎或不投胎嗎？我把每天醒來當成是應履行的義務，堆積如山的工作是我的日常，我沒有其他娛樂也沒有嗜好，其實本來覺得自己也能擁有這些別人有的酷東西，但最後發現，那對我而言根本就是奢望。

有些人從一出生就會不幸到死亡，不管他再如何努力，幸福永遠不會靠向他，這就像同一間公司量產的產品，當被貼上不良品的標籤，就會被丟到一旁的「待處理區」，接著經過上帝的整修，試看看有沒有辦法使用，一次又一次地被打開螺絲，再重新旋緊，再次打開On鍵，以為好了，可以正常了，但其實又是一次失敗。

我想，我就是這種救不好的不良品，不必掙扎。

我吐了口菸，抬頭發現今晚沒有星星，很適合我的路數，要是滿夜星光，那肯定是我在做夢。

「不知道妳那麼厲害。」是謝紀江的聲音，我沒有回頭，他走到我旁邊跟我一起抽菸，我也沒有回應他，他整個人若無其事的樣子，的確讓我還不知道怎麼跟他應對進退。

「蓋那間寓所要花很多錢吧？」

我這才抬頭看他，「是滿多的，但不是我的錢。」

他看我一眼，沒多說什麼，只是再問，「妳不吃點東西嗎？」

「怎麼？」

「她不是說妳胃痛？我看妳只有喝咖啡而已，雖然很晚廚房收了，但我可以幫妳煮點麵。」

「不用，謝謝。」我看著他，他點點頭，把菸頭捏掉，「妳的可以給我一根嗎？」我把整盒都給他，他動作熟稔地抽了起來，但不知道是抽太快還是怎樣，他突然嗆了起來，咳到眼眶都紅了，「其實我很久沒抽了，妳的太濃了。」

「你可以熄掉，這種事不會浪費。」

他沒有，選擇繼續抽著。

我看著他抹去剛才因為咳得太用力而嗆出的淚水，這對眼睛就跟白天一樣啊，但他似乎沒打算提，我當然也會裝沒事，一切就像從我們剛剛碰面為起點。

接著，我熄掉我的菸頭，「我先進去了。」

我轉身要回店裡，他在我身後開口：「謝謝，白天。」

我頓了一下，停步半秒，還沒思考他怎麼突然又打算提的時候，我的胃又痛了，而且是劇痛，像是有人瞬間在我的胃綁上帶刺的鐵絲，又刺又痛又緊的，我只能直接蹲下，抱著肚子，期望它能緩解。

但沒有，我只覺得這一刻自己好像離死亡滿近的，原來人真的有可能痛死，我承受不住這麼刺激的痛楚，我頓時耳鳴，視線模糊，然後在失去意識的前一秒，我似乎聽到謝紀江的聲音，「妳還好嗎？我馬上打電話叫救護車！」

那之後，我就像被按了暫停鍵一樣，被鎖在一個黑暗盒子裡動彈不得。

當我再次醒來，已經是白天了，我都還沒搞清楚狀況，就被一堆問題包圍，「妳昏倒了妳知道嗎？」「還有沒有哪裡不舒服？」「急診醫師說妳要住院觀察！」我深吸口氣，胃痛的感覺變成悶痛。

我試著把眼前的人看清楚，看到海洋、凌菲、藍一銘、Elva還有謝紀江。

「你們怎麼都在這裡，不回去工作嗎？天亮了不是嗎？」

Elva馬上舉手說：「我離職了，我可以留在這裡。」

藍一銘也說：「我早上沒課也沒事。」

海洋也趕緊解釋：「大家該回去工作的都回去了，妳不要擔心寓所的事啦！」

「就是啊，妳胃痛到昏倒，把大家都嚇死了，妳該擔心的是妳的身體吧？」但這是我最不擔心的事，我邊下床，邊找手機，發現沒電，超級傻眼，連忙問大家，「你們有行動電源嗎？還是充電線？」

他們異口同聲地回我，「沒有。」我看向謝紀江時，藍一銘就衝出來擋在我們兩人之間，「雪曼姊，是阿江送妳來醫院的，妳不報答他的救命之恩嗎？」

「謝謝。」我向謝紀江道謝，然後藍一銘用很無奈的表情說，「我的意思是，人家都不等救護車到，直接開車送妳來，生意沒做，妳撿到這條命，然後不檢查不住院，妳對得起他嗎？」

我很難得地笑了。

這樣的話術對我早就免疫了，情勒在我眼前是起不了作用的，我看向謝紀江問，「我的命要你負責嗎？」

他愣了一下，搖搖頭。

然後我看著他們，「我有叫你們負責嗎？你們要負責的是寓所的工作。」我說完就直接下床，他們不停地在旁邊勸著喊著，要我接受檢查，但我不想，我沒有想要改變我厭世的想法及作法。

穿鞋時候，邱醫師跟柯博裕居然同時出現，站到我面前說：「妳胃長東西了，昨天半夜海洋打給我，我就聯絡博裕一起來，幫妳先照了超音波，妳要留下來，準備斷食照胃鏡。」

我繼續穿鞋，拿了包包，對全部的人說，「都去忙你們的事。」然後頭也不回地走掉，我知道他們緊張、擔心，但這是我的選擇，需要負責任的只有我。

很多人說，死是最不負責任的說法。

但我一直很不懂，每天都要努力地活下去，才叫負責嗎？對我來說，去承接那些人生造成的傷口，還要裝笑裝堅強，才是對自己不負責任。

我正要走出急診室時，柯博裕不知道發了什麼瘋，衝過來直接擋在我面前，「妳到底在想什麼？早點治療不好嗎？」

「我想什麼還需要跟你交代？」

「要是妳對我不滿，可以換醫生，我甚至可以介紹妳去別間醫院，那裡也有我的人脈……」

「不需要。」

「妳為什麼要這樣？」他不能理解地看著我。

我才不能理解，他到底想怎樣，我們二十幾年沒見，他曾經帶我走進被霸凌的黑洞，現在想來我面前當一尊菩薩？我不管他怎麼修來的，但對我來說，這樣的仁慈很可笑。

「滾！」我真的半句都不想多說。

他很懊悔地對我說，「拜託妳讓我為妳做一點什麼也好，我好不容易再碰到妳，其實還沒畢業前我就跟黃楚雯分手了，我覺得很對不起妳，這種歉疚感一直到現在還散不了，我知道那時候的我真的很該死，但我活到現在，也是死過很多次，我真的想重新開始！」

「關我什麼事？」

「我想跟妳好好道歉。」

「你覺得我說原諒你，你的人生就能夠重來？」我說完就看到柯博裕一臉「難道不是嗎」的表情。

我深吸口氣，上前告訴他，「你人生的死結不是綁在我身上，是高三時的那個你，那個幼稚無能但也自責懊惱的你，你搞不清楚狀況嗎？好，不然我說，我原諒你了，然後呢？」他愣住看我，我重重一嘆，「我這輩子恨的人很多，你絕對不會是前十名，我這樣說你明白了嗎？跟過去的你和解，而不是我，要求我原諒你，也是一種很無禮的行為，懂嗎？」

他似懂非懂地看著我，好像有些震驚的樣子，但我懶得多說，「不要再來煩我，除非你想要我更討厭你。」我說完閃開他往前走，柯博裕卻突然喊住我，「曼曼！」

「我說了不要再這樣叫我。」

他深吸口氣對我說，「希望妳的前十名名單也沒有妳爸。」

「什麼意思？」我反問他，他反倒對我搖搖頭，揮揮手說，「沒什麼，當我沒說，還是希望妳照顧自己身體，讓我幫妳一次。」他說完退了幾步後，自己離開，留下滿是問號的我。

但我沒辦法仔細多想，我有我今天的行事曆得去忙。

我才剛走出醫院，正準備叫計程車的時候，謝紀江喊住我，「我可以送妳。」

我抬頭看他，直接拒絕，「不用了。」

他點點頭，毫不勉強地說，「那妳自己小心。」然後把他手上的行動電源給我，「妳不是需要這個？」

我愣住，「你一直跟著我嗎？」

他沒正面回答，直接把行動電源放到我手上，「用完記得還我。」接著就轉身走人，我猜他是什麼都聽到了，包括我在高中時候被同父異母的姊姊帶頭霸凌……很多人不知道的事，他在二十四小時裡全發現了。

我從不跟別人說以前的事，自己都想忘了的過去，為什麼要對別人說？所以我身上背了很多傳聞，猜對的有「我是誰誰誰的私生女啊——」，猜錯的則更多，我也不解釋，隨便大家在我身上貼任何標籤，對我來說，那一點重量也沒有。

我上了計程車後，跟司機說了地址，拿手機用行動電源充電，過了幾分鐘，我才剛開機，訊息跟未接來電的通知都還沒跳完，我媽打電話來了。

基本上，她的電話我都會接，因為不接，她會打更久。

我接起來，也不說話，她永遠是第一個開口的人，而且沒完沒了，我很平靜地聽她在電話那頭抱怨，「妳怎麼那麼剛好遇到黃楚雯？而且還跟她吵架？她說妳打她了？整個晚上都在跟妳爸抱怨，還來罵我不會教女兒，妳到底在搞什麼鬼？」

「我沒打她。」

「妳不要跟我說，妳自己跟妳爸解釋。」

「我沒有要解釋。」

「江雪曼，妳到底要對付我到什麼時候？我有年紀了，我身體不好，沒辦法再讓妳這麼折騰，我拜託妳放過我好嗎？馬上打電話給妳爸道歉！」

我直接掛電話，但手機很快又響了，我媽還是不放棄，我最後接起來說，「如果妳因為這件事再打來，我會直接上黃家，跟黃楚雯吵，妳愈不想發生的事情，我愈是會去做。不是我放過妳，是我們放過彼此，我再說一次，我姓江，我沒有爸爸，我媽是別人的小三。」

這次換我媽掛我電話，有些人就是非得聽到這麼難聽的話才甘願。

我抬頭深呼吸，看到司機正透過後視鏡偷偷打量我，我光明正大地看他，他連忙別過臉去，裝沒事地繼續開車，我滑著手機，回覆公事上的訊息跟郵件，然後我看到社工傳給我的訊息，「江小姐，今年沒有卡片可以拿了，妳不用再特地跑一趟。」

我連忙回訊息給對方，「為什麼？」

很快又收到回覆的訊息，「這我不清楚，也是主管告知我的。」

「是以後都沒有卡片的意思了嗎？」

「對。」

我看著這個對話框，整個人失神，我要被斷糧了，怎麼會這樣？這八年來，我就依靠著這個卡片才得以活到現在，可是居然就這樣沒了？

我想起那個我跟老天爺賭氣的晚上。

我在心裡嗆著老天爺，「好，你不讓我死，我就活下去，但如果有一天，你覺得我的苦吃夠了，可以死了，就拜託你放過我，活著，真的太累了……」

我頓時失落到像八年前一樣。

餘味

人生真的很奇妙，
妳以為這輩子不用再糾葛的人，
一個個全冒出來了。

八年前，我的孩子過世了。

我的人生總是靠著一段又一段的溫暖持續下來。

當我離家遠去臺南念書，媽媽很不能諒解，所以曾經故意不給我零用錢，想用金錢來制裁我，但比起自由，錢根本不算什麼，我半工半讀，在一間麻辣火鍋店當工讀生，餓了有員工餐可以吃，老闆娘擔心我自己沒照三餐吃，還會把剩下的員工餐讓我打包。

去了陌生的城市，我感到無比舒服，那些殘敗不堪的回憶還有我媽，就留在那個我討厭的地方，離我遠遠的，我覺得自己像是一個人了，我試著忘記過去，重新開始，我試著對陌生人笑、跟同學聊天、與同事出去聚餐，甚至和別間學校的同學聯誼。

每一天都是快樂的，就算工作很辛苦、就算念書念到打瞌睡，就算在學校和火鍋店中間不停來回，連騎腳踏車停紅綠燈都會睡著，我仍然覺得自在無比，我打算畢業後也不回臺北，這裡才是我該活著的地方。

但上天派來了一個惡魔，吳敬達。

他小我一歲，是同校的學弟，本來沒有交集，但在他一年級下學期的時候，到火鍋店打工，我負責帶他熟悉工作，他看來很簡單樸實，本來就只有工作交流的我們，一次因為奧客在櫃檯撒野，一直罵吳敬達故意用髒的一百塊找錢給他，那時已經要打烊了，在打掃廁所的我被叫了出來，「雪曼，妳徒弟被欺負了。」

我走出去一看，那人已經要動手了，而吳敬達則閉上眼睛，準備挨打。那時我下意識地拿起手上的馬桶刷往奧客丟去，但很可惜沒丟到，掉在奧客旁邊，奧客抬頭就是一連串問候我媽的字眼，我當時也不知道什麼叫害怕，就直挺挺地走向奧客，奧客原本囂張的氣勢默默冷掉，當我站到奧客面前時，他反而退了一步，怯怯地問，「妳要幹嘛？」

我看一眼結帳單，把該找的錢放到櫃檯上，「兩百四十一元找您，謝謝光臨。」奧客有些緊張地拿回錢，幾個銅板像被黏在桌面一樣，怎樣摳也摳不起，最後他乾脆說，「那變小費啦！」然後快步跑出火鍋店。

當我以為我很冷靜、帥氣地解決這件事時，吳敬達從我的圍裙口袋裡拿出一把水果刀，我才恍然那個奧客不是怕我，而是怕我放在圍裙裡的這把刀，另外一個工讀生傻眼地看著我，「妳居然放刀在圍裙裡？」

我有些尷尬，「剛剛支援吧台切水果，可能太順手了。」

「還好妳還沒彎腰刷馬桶，不然要發生命案了。」工讀生忍不住吐槽我，趕緊把刀拿去收好，我撿起馬桶刷準備再回去打掃廁所的時候，吳敬達居然搶先一步拿走就往廁所方向衝，邊說著，「今天我幫妳掃。」

從那天開始，我就負責結帳，他負責掃廁所，偶爾在學校同一棟上課，他會來問我，「中午要不要一起吃？」

我也沒多想，反正就是學姊學弟，而在工作場所，他還是我徒弟，可能就是有很多需要一起吃飯的理由，我們就這樣經常接觸，一個星期七天，幾乎都會碰到面，就算學校沒課，火鍋店也會遇到。

很多傳言就出來了，說我們在一起，我否認到底，但沒想到某同學卻對我說，「但是吳敬達都說妳是他女朋友耶。」我心裡莫名覺得被冒犯，直接找上吳敬達質問。

「你什麼意思？」

他憨傻地看著我，「什麼什麼意思？」

「你跟別人講什麼？」

「我沒講什麼啊。」

「你說我們在交往？有這件事嗎？」

「誰跟妳說的？」

我直接報出那個同學的名字，「蔡怡靜。」他二話不說拉著我就去找她，然後直接問她，「我有親口跟妳說，我跟江雪曼在一起嗎？」蔡怡靜嚇到，手裡的書都快抱不穩了。

她尷尬地說：「我是聽別人說的。」

吳敬達再直接問，「別人是誰？」蔡怡靜還在思考的時候，他又問一次，那種壓迫感逼得蔡怡靜講出一個名字，接著他就帶著我，一個又一個地求證，最後問到的是他的室友，室友對吳敬達的咄咄逼人感到不爽，直接嗆他，「對啦，是我自己亂講的，但你最好沒有喜歡學姊，最好你沒有想追她……」

這次，吳敬達開口說，「我想。」

我愣住了，他室友也愣住了，他補了一句，「這次真的是我親口說的，我想追江雪曼。」我腦袋一片空白，完全沒有回應，轉身離去。

我有些害怕，因為我居然有點心動。

怎麼可能？我在所謂的愛情裡被狠狠傷過，那麼害怕被欺騙的我，不可能隨便對別人動心，一切都是錯覺。

我告訴自己，不能對錯覺妥協，於是我跟吳敬達保持距離，也不再跟他一起吃飯，他要約我去哪裡，我都拒絕，但他仍然持續不懈做著重複的事，我偶爾抬頭就會看到他，可能在教室外、可能在餐廳的另一桌、可能在對面的停車棚，我佩服他的耐性，更對自己居然一點都不覺得這是緊迫盯人，感到發慌。

最後，我還是答應他了，「你可以跟我在一起了。」

他先是錯愕，接著不停傻笑，然後毫無頭緒般地走來走去，接著很客氣地問我，「所以我現在可以抱妳了嗎？」我上前抱住他，那一瞬間，我覺得心裡的某個地方被填平。

終於，我可以再談戀愛了，在我二十歲的時候。

我們就像一般情侶一樣地出遊、講電話到半夜，隨時隨地都想要膩在一起，他對我很好，那種好是說不出來的，光是他站在我旁邊，我都覺得空氣是甜的，沒想到我居然也有戀愛腦的一天。

我每天照鏡子，發現自己有好多的另一面。

我居然會因為經痛，在電影院裡覺得自己快痛死的時候，他衝出去帶給我一碗紅豆湯，而感動地用娃娃音向他道謝！他約我去KTV，但我根本就是音癡，連拿麥克風手都在抖，我唱得五音不全，在他不分是非的鼓勵下，我從頭到尾都沒有放下麥克風，不是梁靜茹給我的勇氣，是他！

我們半夜去四草大橋夜遊，偷偷跑進秋茂園冒險；一句敢不敢，我們從臺南騎到了墾丁，然後什麼也沒帶就睡在沙灘上，早上醒來發現海水就在我們腳下十公分，隔天再騎回去上班，晚上十二點下班，再趕去看最後一場午夜場《頭文字D》，整整四十八小時沒睡，我當時以為我會死，但沒有。

原來，我也是可以玩得這麼嗨的人。

吳敬達給了我很多快樂跟驚喜，和他相愛的那一年，是我笑容最多的時候，他叫我別回臺北了，他有錢可以養我，正常女生聽到這句話，應該會開心，可我偏偏對「養我」這兩個字感到十分厭惡，為此，我們第一次爭執，他不懂他只是在表達對我的感情，為何我要如此偏激。

我討厭「養我」兩個字，我想到黃先生跟我媽因為養我，就站在我人生的制高點，把我當作他們的所有物，限制我的生活，我覺得快要不能呼吸，後來吳敬達向我道歉，他說的養我，是愛我的意思，他希望我可以換個角度思考。

愛一個人就是對他付出，他願意把他的一切跟我分享，包括他未來可能會繼承的財產等等，畢竟他是獨子，他到火鍋店打工只是因為無聊，我這才發現，我和吳敬達交往，我以為這三個字就是他的全部，卻忘了他還有家人。

畢竟，我是有如沒有家人的那種人，沒有的東西，一不小心就會忽略了。

花了一個晚上的時間，我們進行了深度對談，我這才知道，他家是建設公司，承包很多政府工程，財力雄厚人脈廣闊，家裡每天都有政商名流前去做客，爸媽對他有很高的期待，等他大學畢業之後，要送他去國外念書，但他本人意願不高，他笑著對我說，「我都跟我爸媽講，叫他們把公司收起來，現在賺的錢躺著都花不完，人生幹嘛那麼累？」

我談了快兩年的戀愛，到現在才真的認識這個人，不，不對，還不算完全認識，因為我不知道他最後會變成一個垃圾。

從那天聊完之後，我很明顯地感覺，我跟吳敬達早晚會分手。但最可怕的東西不是愛，而是依賴。我開始試著學習過沒有他的日子，我會找藉口獨處，找理由拒絕他的邀約，可是總在最後一刻破防，我還是好需要他的陪伴，至少在他面前，我可以是江雪曼。

高中時被欺負的無力感，都沒有現在失去自己的還要深。

夜深人靜，我看到吳敬達睡覺的背影，不禁默默掉淚，我想著自己跟他終究是沒辦法走到最後，那我到底在幹嘛？就算他自己不想去國外念書，他爸媽強迫他去，他能不去嗎？我被自己的提問打敗，哭到睡著。

隔天早上醒來，他看電視看得很開心，不知道我昨夜的掙扎。

這樣的日子無限循環，直到他爸媽發現了我，要他帶我回家吃飯，我拒絕了，這種要去被秤斤兩的場合，我不想面對，但他很堅持，他說，「我從來沒有想過要談一場偷偷摸摸的戀愛，我喜歡的，我爸媽一定也會喜歡。」

他的宣言撼動無知的我，於是我去了。

我在想，或許我的面對，能讓我的人生美好一點，我可以努力為自己的愛情做點什麼吧？

我當然也是做了最壞的打算，就是他爸媽不喜歡我。可沒有想到最壞以外，還有更壞的，我誠實地告知了我的家庭背景，本來以為我只是一介民女，沒想到我直接墮落為賤族，他爸媽在吃飯的時候直接離席，吳敬達還搞不清楚怎麼回事，於是已經受傷的我，得要重複一次，「你爸媽不能接受我，而且我媽是小三。」

「有什麼好不能接受的？」他繼續吃牛排。

「你可以接受不代表他們可以接受。」

「放心啦，我再好好跟他們講就好。」

看他吃得津津有味，這一刻我發現，我跟他根本就是兩個世界的人，他的無關緊要是我這輩子都要背負在身上的印記，他無法理解我的傷口，我只不過是不想面對現實，以為去了他的世界，我就可以活在他的圈圈裡，殊不知，根本行不通。

於是在他專注切牛排的時候，我說，「我們分手。」

然後我拿了包包跑離他們家的豪宅，我差點在裡頭迷路，我一個人從歸仁走回了臺南市區，回到家門口，他已經在我家了，他擔心地罵我，「妳不要亂開玩笑好不好？妳到底怎麼回來的？我路上都找不到妳！」

我伸手向他要回我租屋的鑰匙，他不肯給。

「沒關係，那你走，我會請房東幫我換鎖。」

他崩潰了，他才意識到，我說的分手不是玩笑話，他求我、拜託我，拿了很多我們相愛的證據，他說我這樣就要分手對他很不公平，他爸媽是他爸媽，他是他，憑什麼要這樣結束我們的感情？

最後，我用了一句，「我們可以冷靜一段時間嗎？」

他勉強答應，最後才肯離開我家。

接下來的日子，他依舊跟我們相愛的時候一樣，找我吃飯，要接送我上下課、上下班，我說我們在冷靜期，應該保持一點距離，他笑笑嗯了一聲，但依然做同樣的事，而他所做的這些陪伴，都剛好是我習慣的，我也很沒志氣地接受了，在我生日當天，他突然來按我租屋門鈴，我打開一看，發現他右臉腫了。

「你臉怎麼了？」

他從身後拿出一個名牌袋子跟一束花，「生日快樂。」

「我說你臉怎麼了？」

「我晚上可以住這裡嗎？」

「不行。」

「我被我媽趕出來了。」

「你回去跟她道歉就沒事了。」

他搖頭，「道歉，我們就真的不能在一起了。」

「我們本來就不應該在一起。」

他不能接受，「但我們本來就在一起，因為我爸媽反對，就變成不應該嗎？妳可以跟我分手，可是我不行啊，妳的感覺是感覺，我的就不是嗎？我到底還要做到什麼程度，才能讓妳相信我有多愛妳？」

「東西我不能收，你快回家。」於是我把門關上，我根本就不灑脫，我還不懂怎麼談戀愛，我知道我早就不應該再跟他吃飯、不能再習慣有他的陪伴，可是我貪心我眷戀，冷靜期是我想一步步疏遠他的藉口，我的確很自私。

所以不能再這樣下去，我下定決心。

這晚，我失眠，隔天帶著沉重的心情去上課，沒想到門一開，看到吳敬達就睡在我租屋房門口，他被我要出門的聲音吵醒，笑笑對我說了聲嗨，我沒理他，他跟上我，跟在我身後和我一起去學校，再一起去打工。

下班的時候，我沒看到他，以為他放棄了，自己先走。

沒想到回到租屋處，他還是在我家門口，他對我說，「妳快進去，我在外面就可以，妳不用管我。」然後我看著他從書包裡拿出一塊墊子，一副打算在我家外面住上一段時間的感覺。

「你這樣，鄰居會報警，你要找你爸媽保你。」

「不要，剛好睡警局。」他笑笑。

我壓抑著心情，回到屋裡，可是坐立難安，一直到凌晨了，我還是睡不著，從貓眼看到他坐在墊子上，靠著牆打瞌睡，我好糾結、好掙扎，於是用冷水沖臉，在家裡走來走去，最後我的理智還是被我的感覺殺死。

我打開門，叫他進來。

他沒有很多反應，只是說了聲好，便開始收拾地鋪等等，好像早料到我一定會讓他進來一樣，我很挫敗，但無力去想那麼多了，順其自然吧，我這樣告訴自己，或許等他真的出國留學的時候，我們就可以真正地分手。

於是我們過了一段同居的日子，像夫妻一樣。

我對他的依賴大於他對我的不了解，偶爾他會開玩笑說：「像妳爸這樣也不錯，家裡一個外面一個。」看到我表情沉了下來，他就會說：「我亂講的，妳不要想太多。」

我告訴我自己，他就心直口快。

但忘了「心」才是最能證明一個人的東西，怎麼想的，就會怎麼開口。

所以我們經常吵架，他就會跑出去，找熱音社的朋友，我也不知道他們什麼時候變得如此要好，我們認識的時候，我以為他沒什麼朋友，熱戀的時候更不用說了，我們時時刻刻黏在一起，連我都沒有朋友了。

後來感情穩定之後，他開始請老闆娘把他的班排少一點，他要跟朋友出去，我本來就覺得交往也沒有權利限制另外一半的交友，再加上我只能靠自己，所以常常是我在上班的時候，他在外頭hang out。

不過，我從來沒有因此發過脾氣。

只是現在同居後，太常吵架，一言不合他就離開，有時隔天早上才會回來，這會讓我覺得更委屈，我好像又是被丟下的那個，但只要他乖個兩天，再哄哄我，我又會棄械投降，像月經的週期一樣，每個月都要上演好幾次。

直到有一天，我發現自己生理期沒來，本來以為只是自己太累，沒有多想，結果我開始覺得不對勁，去買驗孕棒回來驗，看到兩條線的時候，我愣了一下，然後苦笑出聲。

現在到底是在幹嘛？

連續一個星期，我陷在自己的世界裡，我想把孩子拿掉，因為被生下來的我，活得很不快樂，我不希望有孩子像我一樣被生下來受苦，但我從來沒有想過，當自己的肚子裡面有了一條生命，我竟然會開始猶豫要不要把孩子生下來。

當我腦袋裡湧出這個念頭，我真的很想打自己一巴掌。

我覺得自己瘋了，怎麼可能生下來，我還有學業沒有完成，明年就要畢業了，難道就要這麼算了？還有……那個虛無縹緲的未來，即便我過去的日子過得不好，接下來的人生可能也不會好到哪裡去，但至少至少……我或許可以努力讓自己幸福快樂。

可如果我真的有了這個孩子，我能給他什麼？

我光想到他會有個很可怕的外婆，我就覺得，我要把孩子拿掉。

於是我預約了婦產科看診，去的時候，我有些徬徨，第一次踏進這個地方，而且是抱著墮胎的想法，覺得自己很像在犯法。

護理師看我年紀，愣了一下，但很快就當沒事地詢問我一些狀況，我猜這樣的場面，她們已經見怪不怪，接著護理師幫我驗孕，然後從醫生口中聽到，「八週了。」我才有貨真價實的孕婦感，醫生建議我，若要人工流產，可以回去再思考一下。

一句「我不用思考，我現在就要墮胎」差點衝出口，但當我看到超音波照的時候，我居然他媽的猶豫了，人家說懷孕會變得感性，變得跟以前不一樣，我發現那些人說的都是真的。

我瘋了吧。

但我還是預約下星期回診，順便做手術。

接下來的日子，我每天看著超音波照，就算吳敬達不在，我也不覺得孤單，我莫名地覺得心靈很滿足，我覺得……很快樂？那種感覺實在太難形容，有個小東西在自己身體裡，跟自己最親近的畫面，太滿足了。

我不知道自己為什麼會有這樣的感覺。

我太好奇別人懷孕的樣子，但我身旁沒有別人可以問，於是我很難得地主動打給我媽。

「妳當年懷我的時候是什麼感覺？」

「幹嘛，妳懷孕？」

我的心臟被嚇得直接提到喉嚨口，但還是要假裝，「我在做報告。」

我媽似乎就這麼被我糊弄過去，開始回答，「沒什麼感覺，要說有的話，就是有妳爸的種，我很開心。」

「所以妳開心，不是因為有我，而是可以跟他糾纏？」

「是啊！以前女人不也都靠懷孕上位，結果產檢發現妳是女的，妳爸有點失望，我後來也想努力再生一個，但他不肯。」

我明知道我不會聽到太好的答案，可我偏偏不死心，讓自己打了這通電話，甚至還想知道更多，「妳一開始有想拿掉我嗎？」

「當然沒有，我一直想懷孕。」

「妳看到我的第一眼，心情是怎樣的？」

「醜！但幸好後來我有好好調養，妳連睡覺的姿勢，我都半夜起來喬，不然妳以為妳頭形怎麼會這麼好看？我買給妳用的、吃的，都沒比黃楚雯差，我跟妳爸說，她有的，妳也要有……」以下省略她對我有多用心的幾千句。

「我跟妳說，女人就是要美，美就是妳的資產，妳去找個富二代多容易，以後也不愁吃穿，所以我說，妳到底什麼時候回來，半年了！妳不覺得妳太過分了嗎？我真的氣到都想乾脆跟妳斷絕母女關係了，還好妳還有良心主動打給我，我告訴妳，下星期妳爸生日，妳給我回來，聽見沒有？」

「我差不多要上課了，先掛了。」

在我要按掉通話鍵的前一秒，我媽又問了我一句，「妳真的沒有懷孕？」我直接當沒有聽到，然後掛掉電話。

但馬上又收到她的訊息，「有的話就給我拿掉，不然看我怎麼治妳。」

我媽為什麼以為我會怕呢？我媽有我，是懷有目的性的，我根本就是問錯了人，所以我還是存疑的，這個孩子到底有什麼魔力？就算我媽並不是真的愛我而生下我，我也沒有那麼難過，沒有媽媽，我還有我的孩子。

一個真正屬於我的家人。

我竟開始想著，要是生下來，會是什麼樣子？我開始搜尋生一個孩子要花多少錢的新聞、BBS文章、論壇，但我現在大三，生下來的話，肯定要休學……我把所有環節都想過一次，包括孩子從出生到幼稚園，每個階段大約要花多少錢，全都記下來，然後，我倒抽口氣，看看我努力打工的存款，都還沒有六位數，我有辦法養一個孩子嗎？

於是，我陷入了生與不生的糾結裡，每天都睡不好，甚至也不知道吳敬達到底有沒有回來睡，就在我要回診的前一天，吳敬達發現我懷孕了，他翻了我的筆記本，看到超音波照片，看到我密密麻麻的筆記。

他小心翼翼地探問我，「妳不會真的想生下來吧？」

「如果我說想呢？」

他笑了出來，然後慌亂地在屋裡走來走去，接著過來拉著我勸道，「雪曼，不要開玩笑了，我們才幾歲？現在生下來，要怎麼養？我跟我爸媽都吵架了，他們肯定不會贊助我，我沒有養過小孩啊！」

「我沒有想過要你養。」

「什麼意思？該不會孩子不是我的？」

我不打人，就算過去如何被欺辱，我都沒有還手過，一旦還手，會讓對方覺得我也出手了，我也有錯，我也有反抗，他們也有被打，打我一萬次跟我打他們一次好像可以抵銷一樣。

我不做這種事，我要他們活在欠我一萬次的陰影裡。

我對他說，「你可以否認孩子不是你的，你現在也可以走，如果今天我打算生下來，那這個孩子就只跟我有關係。」

「妳是不是有毛病啊？真的想生？」

「不關你的事。」

「拿掉！」

「不關你的事。」我用一樣的話回答他。

而他給了我一巴掌，我從沒有想過自己會被他打，我很意外他是會動手的人，他有些崩潰地說，「馬上給我拿掉，我現在不想要有孩子，很麻煩，以後更麻煩，不管妳說什麼跟我沒關係，事實就是這個孩子永遠會跟我有關係，誰知道妳以後會不會要我負責？」

「你可以找律師寫切結書，我可以簽。」

「江雪曼！」

「不要在我面前吼，滾出去！」

他氣到直接拉著我要去拿掉孩子，我豁出去地打開門喊救命，我們拉扯，他甚至還把我推倒，很快就有人圍觀，甚至有人報警，我在警察的幫忙下，順利把吳敬達跟他的所有東西清掉，他瞪了我一眼後離開。

回屋看到滿室凌亂，我卻笑了。

我感到肚子有些悶痛，去洗手間還發現我有些出血，但我沒有打算去看醫生，我在心裡對著我的孩子說，「如果明天檢查，你還在，那我就把你生下來，這是我跟你的約定。」

我給了他選擇。

最後，我取消了人工流產，開始學著怎麼當一個孕婦。

在肚子大起來之前，我回臺北一趟，跟黃先生吃一頓他的生日餐，然後對我媽說，接下來可能有一陣子不會回來，甚至連過年都不會，我媽又發瘋似地在家裡摔東西，我沒有理她，只是把我該帶走的東西好好收拾帶走。

半夜，趁她吃藥睡著時，我又搭客運回到臺南。

我絲毫不覺得自己可憐，反而開始期待我與我家人即將邁入的生活。

隔天去學校上課的時候，吳敬達的同學跑來問我，「學姊，阿達為什麼休學啊？」

「我不知道。」

「妳是他女朋友耶。」

「分手了。」

他「嗄」了超大超長一聲，我對他笑笑，收拾課本跟筆記後，準備去打工，結果一到火鍋店，老闆娘就對我說，「我今天才知道阿達家很有錢耶。」

我仍是笑笑，老闆娘又繼續說，「但阿達很不行，突然辭職就算了，還是叫他媽媽打電話來的，男子漢沒啥擔當，我不喜歡。」她說到一半，連忙噤聲，好奇地打量我一眼後說，

「我聽小波說你們在談戀愛喔？」

「分手了。」我說。

「所以是分手了，他怕尷尬就不來上班了？」我聳聳肩，打卡，穿上圍裙，老闆娘還跟在我旁邊，「還是妳拋棄他，他情傷，沒辦法上班？」我仍然是聳聳肩回應，正巧有客人進來，我快步上前招呼，「歡迎光臨，請問幾位？」

開始我賺錢的一天，一路來到十點，打卡下班，我拿了包包走出火鍋店的時候，我看到吳媽從一輛車子下來，冷冷地對我說，「上車。」

吳敬達是滾了，但滾不出我的日子，我真的很厭倦。

我一上車，吳媽直接速戰速決，給了我一個信封，我倒是很欣賞這種風格，沒想到我也談了場可以拿到信封的戀愛。

「有多少？」我沒接過，沒有一百萬我不會收。

「十萬。」吳媽說。

我笑出來，「我現在存了十五萬，我為什麼要妳的錢？」

「給妳拿孩子跟補身體的錢。」

「我會生下來。」

吳媽冷笑，對，她就是真的冷笑，攻擊性不高，但侮辱性極強的笑聲，接著用她的自身經驗，一句句說明給我聽，「妳知道帶孩子有多累嗎？生孩子跟玩家家酒一樣嗎？妳是不是想得太輕鬆了？阿達還年輕，不需要被一個孩子綁住，妳拿掉，對妳也好，難道妳要挺著一個肚子去上課？」

算起來，我的孕期會在過年前，也就是寒假的時候，我可以安心生孩子，至於別人要怎麼看我，我沒辦法管，所以我對吳媽說，「對啊。」

她有些驚訝我的倔強，氣急敗壞地說：「妳要生，妳爸媽同意嗎？」

「我需要他們的同意嗎？我二十一歲了。」我說。

「妳這女孩子怎麼那麼不孝？難怪啦，看妳家庭這麼亂，怎麼可能個性會好到哪裡去，我跟妳說，我跟我老公很重視孩子的家教，聽到妳媽這樣破壞別人的家庭，就知道女兒品行也差不多那樣，妳不要怪我說話難聽，這就是事實，我們阿達一直很單純，跟妳在一起之後，家也不回，學校也愛上不上的，但我們開明，覺得這就是人生經歷，讓他去瘋去闖，結果鬧出人命，還不是要我跟他爸來處理，我先說，這孩子我們家可是不認的……」

「我有跟吳敬達說過，我可以自己養，可以跟他完全沒有關係，我可以簽切結書，我的孩子不需要誰認，我自己認，麻煩以後不要再來找我，不然我會以為你們其實也很想要孩子。」說完，我下車。

夜深時分，將近十一點的臺南人聲稀落，我聽到一個有錢太太的急切吼聲迴盪在風中，「妳要不要臉啊？都還沒大學畢業，跟人家生什麼孩子？」

我也不知道，但我就是想這麼做。

回家後，我洗完澡，看完孕期衛教，然後再次在心裡對我的孩子申明立場，「剛剛很多難聽話你都聽到了，你出生之後會跟我一起吃苦，要是你真的不想當我的小孩，我可以接受，你自己決定。」

就這樣，我的孩子，一直非常健康，他比任何人都要支持我，也支持他自己，很意外地，我沒有任何懷孕的不適症狀，想吐、不舒服這些都沒有，但偶爾會很想睡，我已經在課堂上睡著過太多次，差點還被微積分老師給當了，直到他聽說我晚上在火鍋店打工賺生活費，他就冷著臉把他的課本給我，「劃線的都會考。」

我很感謝老師，雖然那次我只考了六十一分，但我還是覺得我很棒了。

直到我開始肚子大了起來，我知道不能再瞞下去，於是向老闆娘說我懷孕的事，她跟老闆僵在原地差不多有五分鐘，從震驚到否認到要我別開玩笑，我仍是那句，「真的。」

我甚至拿出我的產檢紀錄給他們看，他們這才相信，但還是無法接受，可是我說出這件事，並不是要他們接受我的孩子，而是希望他們能讓我這個孕婦繼續工作，如果可以的話，「可以多排一點時數給我上嗎？」我對著他們夫妻說，畢竟我現在很需要存錢。

他們沒說話，只叫我先工作，然後注意安全。

這個晚上，我覺得自己可能要失業了，誰要用一個孕婦，還是個大學生，萬一出事了怎麼辦？我只能盡量做好眼前事，畢竟是最後一次打工了吧，接下來我能做些什麼呢？錢都沒賺夠。

存摺正在取笑我的天真。

我收拾桌子，拖地、打掃，準備打烊事宜，最後，我真的被老闆與老闆娘叫進去休息室，他們表情凝重地看著我，我直接開口，「沒關係，我可以體會你們的為難，很謝謝你們的照顧。」

老闆對我說：「妳很認真，一個人當十個人用，妳除了外場以外，還會進去幫廚房，有時候假日還要兼會計，所以我跟我太太每個月都有多給妳一些津貼。」

「我知道。」

老闆娘接著說：「妳懷孕為什麼不早點說？都快五個月了，前陣子還那麼忙……」

「我有看自己身體狀況，不會造成公司困擾的。」

老闆娘沒好氣地應我，「誰跟妳說這個？反正妳不要做了。」

我點點頭，沒有意外。

我準備起身離開時，老闆娘喊住我，「還沒說完耶，妳去哪裡？」

我先是愣了一下，接著再默默坐下，老闆娘把這個月的薪水給我，我收了下來，感覺裡頭厚了一點，我真誠道謝，「謝謝。」

她隨即說：「我妹那裡做行銷的，需要工讀生做一些文書處理，偶爾幫她弄一些帳的事情，我幫妳問好了，不只晚上，只要白天時段妳沒課都可以去上班，薪水比這裡多，而且她會給妳產假，妳不用擔心，妳不能再這樣過度勞動，會累出病的。」

「謝謝老闆娘。」我真心誠意地道謝。

老闆娘重重一嘆，說道，「現在要叫妳拿掉是不可能了，但妳真的很傻，怎麼那麼年輕就要生孩子？以後怎麼辦啊？唉唷，妳真的是……不知道怎麼講妳了，這是大事耶，還好妳有說，不然萬一妳有個什麼，我怎麼向妳家的人交代啊？是那個阿達的嗎？」

我微笑回答，「不是。」是我的。

於是我離開了火鍋店，離開了這個工作兩年多的地方，沒人知道，從我決定要生下孩子那一刻到現在，是我覺得最平靜的日子。

這幾個月來，我才發現，人家說的把日子過得有意義一點，是這個意思，我找到了活下去的意義。

但就隔一個晚上，我的生活又開始翻天覆地。

我去新公司打工的路上，看到我媽站在門口，惡狠狠地瞪著我，我差點連怎麼呼吸都忘了……

就像此時此刻，我才剛付錢下了計程車，正要走進寓所，卻看到老了好多、雙眼失神的吳媽就站在大門口，我以為我看錯，當我更認真地看著，發現她真的是吳媽，我心裡倒抽口氣，都還沒反應過來，她已經衝向我，拽住我的頭髮，不停地搥打我，「把兒子還我！把兒子還我！」

保全衝過來架開她，站在一旁的吳爸連忙拉住吳媽，聽到聲響的人都跑了出來，海洋跟邱醫師連忙過來關心我，「妳沒事吧？」

我抬頭看向那對夫妻，不知道自己該是什麼情緒，「怎麼可能沒事？」

我說過我有最恨的人名單，這兩位就是前十名。

人生真的很奇妙，妳以為這輩子不用再糾葛的人，一個個全冒出來了，水逆是嗎？是不是把問題都推給水逆，就會比較好解釋，怎麼能夠同時間發生這麼多事，連氣都不給我喘一口？

該死的老天爺。

餘燼

從小到大，我不曾擁有真正的愛，
或許是這樣，所以我不會愛人，
就因為不會愛，
才不懂得怎麼挑選一個適合愛的人。

一如既往的狼狽。

但這裡不是酒吧，沒什麼看熱鬧的人，我強迫自己冷靜，再次上前，對著他們說：「請你們離開。」

吳媽掙開保全又要打我，但這次我閃開，轉頭繼續對他們說：「再不走，我就報警。」

吳爸聽了，頓時惱羞成怒，過來扶著他的太太，瞪眼罵我，「妳這個壞女人，我家會變成這樣都是妳害的。」

「是嗎？」

吳媽激動到吳爸快拉不住地對我張牙舞爪，「臭女人，把阿達還給我，他大學都還沒有畢業啊……」

我愣住，看著眼神失焦的吳媽，這是……失智了？

吳爸察覺我的眼神，憤恨地看著我，「滿意了吧？我一個好好的家，因為妳搞成這樣，要不是在找給我太太住的療養院，根本就不會知道妳還沒死！」吳媽突然像是一口氣喘不過來，瞬間昏了過去。

我也傻住了。

幸好海洋跟邱醫師訓練有素，寓所裡，這樣的情景其實十分常見，所有的工作人員，即便像淩菲跟藍一銘是這裡的約聘教師，只負責給寓友上課的也一樣，他們都可能會臨時遇到這些狀況，所以有設計一套急救及遇到寓友昏倒時的ＳＯＰ。

每兩個月還會有一次正式演練，為的就是可以在危險時，做最完善的處理。

吳媽很快就被帶到臨時病房，邱醫師初步診斷她是因為換氣過度而造成的昏厥，稍微休息一下，很快就會沒事，邱醫師詢問吳爸關於吳媽目前身體狀況等等，吳爸回答她，但他眼睛卻是看著我，「我太太有高血壓，幾年前患了失智症，本來看醫生都有在控制，今年特別嚴重，有時已經分不清楚誰是誰了……」

吳爸說到悲傷處，眼淚掉了下來，看向我時卻仍充滿恨意。海洋跟邱醫師也看著我，頓時，病房充滿尷尬的氛圍，但我怎麼會在意呢？我只對著海洋說，「剩下的交給妳處理。」

我轉身走，吳爸在我身後嗆，「妳會有報應的。」

可能已經有了，那時我愛上吳敬達，就是我的報應。

我總覺得是自己不會看人，怎麼愛上的男人，一個是騙，一個是爛？難道我就只配這樣的人？到底是哪裡出了問題？我開始懷疑自己、嘲笑自己，最後同情自己，從小到大，我不曾擁有真正的愛，或許是這樣，所以我不會愛人，就因為不會愛，才不懂得怎麼挑選一個適合愛的人。

我開始懷疑自己，我每天檢討自己，然後對我的孩子說，我不覺得你要當個多好的人，但記得我已經是個最壞的榜樣，你只要不活得比我差就可以了。

我沒有期待他要是什麼樣子，我只希望自己不要成為像我媽那樣的母親，這是我對自己最大的要求。

可是當我以為我媽很糟，她總是會再打破我的想像。

我不知道她從哪裡得知我新工作的地點，這個地方，我也是昨天晚上才知道，她對我在臺南的一切沒有興趣，就連我沒跟她拿錢，她也不會問我，有沒有錢吃飯？她只會問我，妳這學期成績怎樣？有沒有成績單？有沒有什麼得獎紀錄？簡單說，有沒有什麼可以讓她拿去黃家炫耀？

通常她問到這些時，我就會放空，或當耳聾，乾脆假裝什麼都不知道，我來臺南念書到現在快畢業了，她沒有來過一次，卻在我大肚子的時候出現了，我知道她來意不善，我很快轉身想逃，但她眼尖地看到我，馬上衝過來，一把就把我推倒，她看到我護肚子，更是氣急敗壞，不停地打我罵我，甚至跨坐到我身上，一副想殺死我的樣子。

直到路人把我們分開，我以為這次會失去我的孩子，但當我被好心人拉起來站好後，我發現肚子像是被踢了一下，這是我的第一次胎動，我不管我身體有多痛，我只覺得想哭，下一秒，孕婦的感性降臨到我身上。

我站在原地哭到不行，路人以為我被打痛了，替我報警還叫救護車。

當我從胎動的感動回過神後，我發現自己人在醫院，身上的一些小傷口都已經擦完藥，醫生告訴我，「都檢查過了，寶寶很健康，但這兩天還是要多休息，手肘傷口比較嚴重，記得不要碰水。」

我聽到寶寶很健康五個字，其他就不重要了，醫生一離開，警察就圍了過來對我說，「江小姐，接下來妳想怎麼處理？妳媽媽現在人還在我們警局裡，妳如果要提告，就要申請驗傷報告喔！」

「不用了。」

「那麻煩妳說明一下當時狀況，我們還是得把民眾報案的流程走完。」

於是我很快將過程說了一遍，在筆錄上簽完名後，我辦了出院，然後打電話向新老闆道歉，說我突然有事，本以為這個工作機會就要飛了，沒想到她卻告訴我，「沒關係，妳處理好了，隨時可以上班。」

「明天下課我就過去，差不多三點，謝謝妳，真的謝謝妳。」我媽打我的那些疼痛都被未見面的新老闆給治癒了。

我辦好出院手續，替自己買了份好吃的炒飯，決定今天好好休息，沒想到回到租屋處附近，就看到我媽跟吳爸吳媽都站在我租屋處的大門口，我心想著，他們到底有多恨我跟我的孩子，要如此趕盡殺絕？

我轉身要走，沒想到我媽竟用乞求的語氣喊住我，「江雪曼！拜託妳，跟我談一下。」我第一次聽到我媽如此低聲下氣，我回過頭看到她在哭，但我不會被我媽的眼淚騙到，哭不是她的情緒，只是她的手段，不管對我還是黃先生，可是我很小就不吃她這套，但黃先生吃到現在。

「路口那間咖啡店等。」說完，我轉身往咖啡店去。

得要在大庭廣眾下，我才會安全。

很快地，他們三人就坐在我對面，像在談協商會議一樣，他們三人的表情都很難看。

「有事快說。」我很想吃炒飯。

吳媽直接拍桌，「我看妳真的是要走到死路才會甘心？我好不容易聯絡到妳媽，讓她下來把這件事搞定，結果妳害自己媽媽到警局？是要多不幸才會生到妳這種女兒？」

我媽被 cue，楚楚可憐地哭了起來，像個閃閃發亮的明星。

「妳到底什麼時候才能聽話，這麼大的事，我還要從別人口中知道？那次妳莫名其妙打電話回來問我懷孕的事，妳不是說沒有？妳怎麼可以騙我？肚子都這麼大了，妳要怎麼辦？人家就是不要這個孩子，妳非要這樣死皮賴臉，妳爸的臉都要被妳丟光了！」

吳爸沒等我媽說完，直接拿出一堆文件放到桌上，「文件簽一簽，阿達也簽了，以後這個孩子不能來跟我們吳家要任何東西，妳也別想用這個孩子來勒索我，之前就警告過了，妳偏不聽，搞到現在無法收拾了，妳就自己看著辦，我們不是沒有要解決，來，這個保密協議也要簽，免得把我家給搞臭了……」

我媽一聽，突然話鋒一轉，眼淚擦掉，站起身一副要跟吳爸拚了一樣地嗆，「欸，講話客氣一點，你什麼意思啊？你家是多有錢？有我老公有錢嗎？大小聲什麼？保密個屁！」

吳媽見我媽嗆辣，也護夫心切地跳出來反駁我媽，「什麼老公？妳小三耶！就是因為這樣，我才反對阿達跟她在一起，有樣學樣，不知道她頭殼裡面都放什麼髒東西！」

「你們家那個就是好東西？我呸！沒有擔當沒有主見，自己小孩都不管就走了，逃跑了對吧？我看連雞雞都沒有，你們家很健全是嗎？養出個孬種來荼毒我女兒，還好意思講，不要看我剛對你們客客氣氣，那是我不想把場面鬧僵！妳真以為我女兒有錯嗎？她是委屈是被騙！我都沒告你們了，你們一人一句說我女兒不好，你們嘴那麼臭，自己有聞過嗎？」

吳媽氣到發抖，「是妳女兒賤，勾引我兒子，搞出這麼一堆事，本來畢業後才要送他出國，現在好了，都被妳搞亂了，然後妳整個人當沒事一樣？我要是妳媽，我肯定去跳海！」

我媽也不是省油的燈，「這些話妳他媽的再跟我說一次？」

「說幾百次都一樣，什麼媽媽生什麼女兒，一家子都爛！」

我一邊喝果汁，一邊逐一簽完吳爸拿過來的所有文件，我媽看到氣吼，「妳搞什麼鬼？人家叫妳簽妳就簽？就說生女兒沒用，吃虧就吃飽了！」

吳爸見我簽好，迅速把文件收好，很怕我後悔的樣子。

三人還在吵，一道聲音很溫柔地出現制止，「不好意思，因為您這桌音量太大，有別的客人反映，要麻煩你們小聲一點喔！」

我快餓死了，不想再看這場鬧劇，於是拿了我的炒飯就走，不忘回頭叮嚀，「麻煩兩位以後不要再來找我了，我不想講什麼難聽的話給我的小孩聽。」

我走出門口，我媽追了出來，又要拽我，我退一步直接嗆她，「妳要是再碰我，我就真的去驗傷。」

「我恨不得打死妳，居然幹這種事，有想過妳爸還要做人嗎？誰要幫妳養孩子？」

「我有跟妳開過口嗎？」

「我等妳求我。」

「沒必要，我做的決定，我會自己負責。」

「妳要我怎麼跟妳爸解釋？」

「我不覺得我有向他解釋的必要。」

「妳就是故意想讓我在黃家抬不起頭嗎？未婚懷孕，大學都還沒畢業，妳有沒有一點羞恥心？」

我實在懶得多說，深吸口氣，拋下最後一句話，「如果妳覺得我給妳丟臉，妳就當沒有我這個女兒。」

我轉身離開，後面傳來一陣哭吼，我回過頭，就看到我媽蹲在路邊無助地哭著，「生女兒有什麼用？我倒了八輩子楣才生妳這個叛逆又無情的女兒，妳滾，妳就滾，看妳要滾到哪裡去隨便妳，妳爸要是問我，我就說妳死在外面！」

「好，謝謝。」

這次，我真的離開，也知道，我媽真的無法再阻止我，我頓時覺得更放鬆了，我不用再懷抱什麼祕密，尤其是對她。

回家後，我好好地吃完炒飯，為自己熱了牛奶，告訴我的孩子，今天大場面你看到了，以後就沒什麼好怕的吧？

然後我洗好澡準備睡覺，竟久違地收到黃先生的簡訊，他說，「生下來，我會想辦法讓別人養，妳好好把書念完，考研究所，準備進我公司工作。」

他知不知道自己在講什麼？

為什麼這些大人總可以用很理所當然的方式去講最惡毒的話？我不知道我在他們心中到底算什麼？是一個活生生的人嗎？還是一個物品？一個傀儡？我的存在是要證明他們很厲害嗎？

我還是回了他一句，「我有我自己的考量。」接著直接封鎖他的號碼。

接下來的日子，我認真地在工作與學業之間達到平衡，新老闆給的工作看似輕鬆，但其實很花腦力，我要負責修改她的行銷案，偶爾幫她處理一些私人瑣事，幫她去婆家關心一下由外傭照顧、已經站不起來的婆婆需要什麼，意外發現婆婆想去住療養院而不是在家，在家面對語言不通的看護，她太孤單了。

我試著跟新老闆討論這件事，她邊回電話邊跟我說，「怎麼能送去？這樣顯得我這個媳婦不孝。對了，那個簡報妳幫我改好了嗎？我還寄了兩個新案子到妳信箱，幫我做一下SWOT分析。」

當我提出，但別人覺得不重要的時候，我就不會再講第二次，第一次是提醒，第二次就是勉強了。

我更頻繁地私下前去探望婆婆，她是第一個知道我懷孕，卻沒有露出嫌棄眼神的人，她告訴我，「現在兒子媳婦也不知道是孝還是不孝，但能生孩子，養他們長大真的很好，我很開心……」她講著講著，像是懷念起過去的日子。

第一次看她表情這麼放鬆的樣子，我也覺得很好。

婆婆突然給我一個紅包，我拒絕收下，她硬是塞到我手上，「我給孩子的，又不是給妳。」我的心像被溫水注滿，很暖很暖。

「我替強強謝謝婆婆。」

「他叫強強？」

「是男生，這是我取的小名。」

「很好很好，以後會愈來愈強。」

但婆婆，我不是為了讓他變強才取這個名字的，而是他從到我肚子裡的那一刻，就比我還要強，我只希望他開心，不要後悔被我生出來就好。

婆婆總是說，「不知道我能不能活到強強出生。」

「當然可以。」

婆婆只是笑，然後吃著水果說，「真無聊的日子……妳知道嗎？我以前學國標的，我還會畫畫，我本來還想出國的，誰叫我跌倒……」

為什麼總是痛苦的人在檢討自己？

可我無能為力，只能在被叫去探望婆婆的時候，能多待一分鐘是一分鐘。

新工作的薪水比起火鍋店還多了兩倍，當我領到第一筆的時候，很是意外，以為是火鍋店老闆娘幫忙說話，才讓新老闆多給我一點錢，但新老闆說，「妳怎麼會對妳的能力這麼沒信心？」

「我這裡員工不多，但我敢給，該值什麼價就應該給合理的報酬，這樣員工才會為他們自己賣命，妳很有潛力，生完孩子，把大學念完，我幫妳轉正職。」我內心激動得快要哭了，我不知道怎麼表達自己的快樂。

只能一直說謝謝，直到離開公司，還是不停地謝謝。

工作算起來是順利了，學校也沒有不好，只是各種流言滿天飛，但我也不在乎，很多人看到我肚子大了，都嚇一跳，有些人會表示關心，不過也只是八卦，想知道孩子的爸是誰，我都笑笑帶過。

但也有些真心照顧我的同學出來解圍，要他們別再猜。懷孕後期，我日子過得很滋潤，最關心我的人，都不是我的家人。

有夠諷刺！

預產期是大年初五，我從小年夜就開始緊張，隨時保持警戒狀態。除夕那天，新老闆約我去她家吃年夜飯過年，她不容我拒絕，我也只能硬著頭皮準備出門，才剛換好衣服，我就覺得不對勁。

強強好像想出來了，我的天。

我馬上叫計程車趕到婦產科，然後傳訊息給新老闆，今晚不過去，接下來的一切，我幾乎痛到記不得，只知道護士叫我幹嘛，醫生要我幹嘛，我躺在病床上，什麼也沒辦法想，我只想要我的兒子平安。

然後痛到我覺得自己會死在病床上。

我不知道還要痛多久，只覺得自己會撐不下去，我哭了出來，對醫生說了一句好老套的話，「如果我死的話，救我的兒子。」醫生好笑地說，「妳不會死，沒事，快出來了，媽媽再加油一點。」

最後，我在自己暈過去的那一刻，聽到強強的哭聲。

啊，原來生孩子真的會快樂。

我手忙腳亂地當起新手媽媽，新舊老闆都會來幫忙，幫我做月子什麼的，當然舊老闆偶爾會說，「唉，可惜沒爸爸疼，這麼可愛……」

我就會壓抑情緒地回應老闆，「別在強強面前這樣講。」

「他又聽不懂。」

「他聽得懂！」我很堅持，最後老闆才不再在小孩面前說。

「那妳不跟妳媽聯絡一下嗎？媽媽是心疼妳，看到孫子，她就開心了，妳總不可能跟她嘔氣一輩子吧？」老闆各種希望我向我媽低頭地勸導著，但我只是聽，不會聽進去。

我覺得現在這樣很好，我無法想像我媽那套情勒用在我兒子身上，應該說，我不能接受，所以我必須努力避免。

可我媽就是有這種本事，我離開醫院帶強強回家的時候，就看到她跟黃先生站在我租屋處門口。我看向新舊老闆，她們兩個卻不敢看我，我心裡大概就猜到一二，我不能說她們出賣我，而是她們會覺得有爸媽照顧我會比較好。

我可以理解她們的擔心。

但那是只針對一般正常的父母，可黃先生跟我媽不是。

她們對著我說，「好好跟妳爸媽談談。」兩人就先離開。

我深吸口氣，和他們保持距離，黃先生走到我面前，一副恨不得把我打死的表情，我把我的兒子抱得更緊，黃先生咬牙對我說，「我已經找到人養了，後天就會讓人來帶。」接著看向我媽，指使她，「妳這幾天把人給我顧好。」

我媽唯唯諾諾的樣子，看起來更可悲了。

黃先生撂完話就搭車走了，我媽完全沒有看強強一眼，拎過放在地上的行李，遷怒到我身上，「都妳害的，搞得我現在還要在臺南當妳的保母？這兩天最好給我識相一點。」

頓時強強哭了，哭得好大聲，我媽更是嫌棄。

一進屋裡，我媽翻箱倒櫃，找出我的存摺跟印章扣押，甚至拿走我的錢包，只留下兩百塊，然後對我說，「後天我再過來，妳這裡我沒辦法住，太小了，又悶。」

「妳不抱強強一下嗎？」我說。

她笑笑搖頭，「等妳正常嫁了，正常生了，我再抱。」接著拿著她的包包離開，說真的，有那麼一瞬間，我真的希望她會抱強強，會像一個正常的外婆，心疼自己的女兒跟外孫，但她沒有。

也謝謝她沒有，更加深了我要離開這裡的念頭。

她走了之後，我餵飽強強，讓這個天使寶貝睡著之後，我從包包裡的夾層拿出真的錢包、證件、存摺，我媽拿走的東西都是假的，是我故意放進去的，我沒有那麼天真，以為我媽跟黃先生會就此罷休，他們怎麼可能會放過我，放棄干預我的人生？

當她二十幾年的女兒，我總要學聰明的。

直到凌晨三、四點，我才摸黑走另外一條小路離開，說真的，我想過我媽跟黃先生不會善罷甘休，所以我有事先準備。

但我真的沒有想到，被逼到絕路時，我還能往哪裡去，當我坐計程車來到客運站，我抱著嬰兒徬徨了，背著大背包，不知何去何從，連櫃檯賣票人員都來關心我，「小姐，妳還好嗎？需要幫忙嗎？」

我很堅定地搖頭，然後說，「我要一張去高雄的票。」

她遲疑了一下，但還是把票給我。

我暫時找了小旅館住，然後帶強強找工作，雖然這模樣很扯，但我選擇了強強，他也選擇了我，那我就不能退縮，很多人都覺得我很可憐，他們帶著同情的眼光看我，連賣東西給我都像一種施捨，不過，我不在意。

我心裡的幸福跟滿足，不需要向任何人說明。

或許也因為我看起來很需要幫助，我很快在一間早餐店找到工作，二樓還能夠當員工宿舍，我就這樣邊照顧強強邊工作賺錢，我知道很不可思議，但我跟強強就這樣活了下來。

黃先生跟我媽好像真的放棄了我，再也沒有找我。

熟悉早餐店的業務之後，在能照顧強強的前提下，我開始兼職，但堅持要留有該留給強強的時間，就算我再忙，只要是強強time，我就會放下手邊的工作，專心陪伴他。

這是我唯一能給他，所謂愛的方式。

我常在想，是不是我懷孕的時候，不小心講了這個世界的壞話，所以他從出生之後就很識相，不吵不鬧，哭的次數連我都數得出來，當我以為他是不是有些情緒認知上的病，他開始喊我媽媽了。

我沒有哭，我開心地笑了好久好久。

但好日子總是一閃而過，當早餐店的尖峰時間結束，我正在清潔煎台時，我看到吳爸吳媽站在店門口，我有些錯愕，但沒有害怕，他們兩人蒼老了許多，臉上十分哀傷，看起來不是偶然經過，而是專程來找我的。

我很想當沒看到，但我很清楚，逃避問題，問題就會一直重複出現，我不是不會害怕，畢竟當初簽的那些什麼放棄書，由我保管的那份正本，早在我逃離臺南的時候就遺失了。

就算我沒有武器，我還是得打仗。

我向工讀生交代了一下後，走向吳爸吳媽，「找我嗎？」

兩人點頭後，眼淚都掉了下來，吳爸悲痛地開口說道，「阿達過世了。」

我很意外，在國外念書爽快的人，怎麼會突然就死了，不合理啊！他才幾歲？怎麼可能？難道他是想到，等強強長大後會問起父親的行蹤，而死了比不知道在哪裡更方便說明，於是早早替我解決了這道難題嗎？

「怎麼可能？」過了很久，我才說出這四個字。

「我們也不想相信，但已經把他的遺體帶回臺灣，辦完後事一陣子了。出國的這兩年，他在那裡學壞了，跟人家嗑藥就……」吳媽一說到又開始哭哭啼啼，我很遺憾，但我不同情。

我只能說，「你們保重。」

然後他們開口對我說，「我們吳家不能絕後，孫子可以還給我們嗎？」

還好，我真的剛剛連同情一秒的時間都沒給，不然會恨死自己。我很平靜地說，「不可以。」我轉身就走，吳媽則搬出一如既往的戲碼，朝我襲來就是哭喊、請求，甚至跪下，求到警察都來關心。

難道女人解決事情的方式就只有一種，哭嗎？

我媽哭、吳媽哭，這些大人句句罵我沒禮貌、不懂事，可為何他們可以無條件地各種大哭大鬧，大家還覺得她們可憐。

我實在不懂這世界的標準，是由誰訂定。

我當然不可能讓他們帶走強強，所以他們要告我，他們要走法律途徑，搶走我的孩子，有錢的文化流氓，「我會請最好的律師，小孩一定會是我們的。」他們臨走前這樣大放厥詞。

於是我辭掉早餐店的工作，再次逃亡。

只是這次是逃回家裡，我想再賭一次，看看我媽跟黃先生會不會突然善良。

但我大輸特輸，黃先生跟我媽都要我把孩子給他們，即便剛剛強強都喊他們外公外婆了，他們還是堅持，這次的理由是，「他們要慶幸妳有把孩子生下來，不然吳家就真的絕子絕孫了！就給他們，趁現在妳跟孩子的感情還沒那麼深，分開也不會那麼難過，這樣他們有孫子，妳也可以重新開始，把大學念完。」

「借我一百萬。」我說。

黃先生回答我，「把孩子還給吳家，我給妳一千萬。」

「所以你們真的不幫我？」

我媽一聽也不爽了，「現在就是在幫妳，妳不要太過分喔，之前那些帳都還沒跟妳算，自作主張還敢騙我，那次我差點沒被妳爸罵死，我們都是在為妳著想，妳自己要吃苦要怪誰？妳為什麼個性這麼倔？」

「我知道了。」我起身回房間，強強還在睡。

誰說家是避風港的？真想給他兩巴掌。

我知道自己必須賺很多錢，才能面對接下來的訴訟行程，才能請律師，才能讓強強留在我身邊，他們以為我妥協了，但其實我根本沒有，我隔天把強強直接帶到黃先生的公司。

然後找上他們法務部，對著主任說，「我爸叫我過來請你們協助，我是江雪曼。」

他們聽到我的名字，全都倒抽一口氣，我很快地向他們說明所有狀況，與此同時，黃先生聞訊而至，氣得想給我一巴掌，是強強喊住了他，「外公好。」

於是，這件事在公司颳起了旋風，所有人都知道這個八卦，黃先生氣瘋了，整個公司跟黃家吵到不得安寧，我媽最氣我惹黃家的人生氣，我相信如果她手上有刀，她會捅死我。

「妳未婚生子，大學沒念完很驕傲嗎？還敢去公司宣傳？我怎麼會有這麼不要臉的女兒？他老婆夠恨我了，妳還在公司搞這一齣，是要我直接去死嗎？妳怎麼可以這樣對我？」

我媽崩潰地對我又踢又打，幸好強強睡了，我還幫他戴了耳塞，就是不能讓他聽到一個髒字。

能夠解決事情，要我頭破血流也沒關係。

剛好黃先生來，看到我媽把我打成這樣，也沒關心，只說要跟我斷絕父女關係，我媽又再次哭求他，不要離開，不要放下我們母女，黃先生氣到了，推開我媽就走了。

我媽見黃先生離開，轉頭對我說，「帶著妳的孩子給我死出去！」

從那次之後，我就再也沒有跟我媽與黃先生見過面。

想當然，我的豁出去沒能讓我解決問題，而是讓我更清楚，我就只能靠自己，我想辦法賺錢、找律師、找房子，過得很狼狽，四處欠債，也要跟吳爸吳媽打官司。

努力不是所有問題的答案，它只是基礎。

我得這樣想，才不會覺得自己很悲慘，免得都努力成這樣了，還帶著孩子四處吃苦，那努力到底有什麼用？

我不知道自己是怎麼撐過這一年又一年，我領著很微薄的薪水過日子，卻要做很多事，每天累得跟狗一樣，可是我從來沒有一刻後悔過，能擁有強強的生活，幸福到我看著他都會笑。

如果老天爺給我的所有苦難的盡頭就是強強，那我接受，誠心誠意地接受。

經過這麼多年的官司循環，最後我終於完完全全得到強強的撫養權，我看著吳爸吳媽在法院外崩潰，我一樣不帶任何同情，直接帶走強強。

但他們仍然不放手，到我工作的地方找我，甚至還偷偷到小學外頭等強強，在我差點來不及接他的時候，想要把小孩帶走，這開始讓我感到壓力，我神經兮兮起來，連帶強強也因為我的情緒感到不快樂，我又開始檢討我自己，但轉身就又看到吳爸吳媽的身影在虎視眈眈，我幾乎精神耗弱。

「媽媽，妳是不是很累？」

「媽媽，是因為我的關係嗎？」

「媽媽，我已經會摺衣服了。」

「媽媽，生日快樂，妳是我的寶貝，我是妳的寶貝，我們都是寶貝。」

「媽媽，等我長大，我一定不讓妳工作，這樣妳就有時間陪我了。」

「媽媽，妳不要生氣，我不會離開妳。」

我總是在發完脾氣之後，又被他的暖心暖語搞到自責不已，因為現在這間行銷公司的薪水高又不看學歷，能有這樣的薪水，已經謝天謝地，我希望當強強對我說「媽媽，我們班的劉昌平有學直排輪耶」時，我可以大方地說，「想學就去啊！」

所以我非常努力工作。

強強以前幼兒園的老師因為懷孕沒辦法繼續工作，就告訴我，如果強強需要臨時托兒，可以交代給她，於是我更能專心工作，一次，我出差，本以為能當天來回，沒想到被客戶拖到時間，我抽空檔打電話給強強，他有點失落地對我說，「妳是不是忘了？」

「什麼？」

「今天是我們約好的薯條日。」

「對不起，媽媽明天回去補給你好不好？」

「好吧，我知道妳要養我，只是我很想妳，我可以回家睡覺嗎？」

「媽媽明天就回去了，你今天先在葉老師家睡，我再多補你一塊炸雞好不好？」

我聽到他很落寞地「嗯」了一聲，這是我們的最後一次對話。

那晚，我搭了最晚的車子回家，很抱歉地按了葉老師家的門鈴，她看到我出現很是意外，對我說，「強強在家啊，妳剛回來嗎？他說妳十點就會到家，叫我先送他回去，我本來要打給妳確認，一忙又忘了。」

我連忙趕回家中，但家裡空無一人，我看到麥當勞的折價券被撕掉一角，還掉在地上，我連忙衝去麥當勞找，可是依然沒看到強強，我慌了，我害怕了，我後悔了，我就該直接回家，憑什麼客戶說什麼就說什麼？

我找不到我的孩子，我好懊悔。

然後我的手機響了，是某間分局打來的，他說，「是江冠強小朋友的媽媽嗎？」

「對！我是！我是……」

後來警察說的話，像雷打在我的頭上，讓我動彈不得，我以為我人生已經夠痛了，沒想到還能感受到這種無法言喻的心撕肺裂，我以為這是通惡作劇電話，直到我看見我的孩子躺在冰冷的停屍間，我昏了過去。

再次醒來，我看到警察站在我旁邊，逼我回到現實，連做夢十秒的權利都沒有，他向我說明，強強是買了薯條後要回家，被酒駕還無照駕駛的大學生撞到，當場死亡。

我看著警察。不明白「當場死亡」四個字為什麼可以說得這麼平靜？

「江小姐，妳還好嗎？」

不好，我也想去死，我的孩子不是被撞死的，是我這個媽媽害死的，都是我失職，全都是我的錯，死的應該是我，為什麼是強強？如果要用這種方式帶走他，為什麼不一開始就讓他離開我？難道是為了報復我嗎？是因為我反抗了我媽跟黃先生，所以讓我嚐嚐我媽的痛？還是我沒讓強強回吳家，天地不容？

如果都不是，憑什麼帶走我的孩子？

酒駕的大學生跪在我面前求我原諒，可是我有什麼資格說原不原諒？要是我在家、要是我陪著強強，這些都不會發生，大學生可以去負他的責任，罰錢做義工，可是我能負什麼責？

我的孩子就是被我害死了。

很快地，很多人都知道這件事，吳爸吳媽激動地來到醫院，吳媽直接賞我一巴掌又一巴掌，「都是妳害死我孫子！他如果在我們家，根本不會發生這種事，妳就是殺人凶手，賠我孫子！賠我！」吳媽哭到被護理師架出去。

我走到醫院門口，看到我媽跟黃先生也趕來。

我看著黃先生和我媽，忍不住問：「你們是來慶祝的嗎？」

我媽想罵我，但被黃先生拉住，我看了他們兩個一眼後離開，不知道自己要去哪裡，我的人生沒有意義，當我有這個想法的時候，我已經站在路口，然後想著有誰可以撞死我。

從今往後，我只求死，不求生，活著是等待死亡來的那天。

不管我用多少方式求死，就是死不了，就是會被救回來，就是會在醫院醒來，護理師看到我已經習慣了，他們都同情我是一個失去兒子的媽媽，所有對我的忍讓都只因為我很可憐。

可我不需要被可憐，我只想結束，卻始終無法。

三十歲的我，像活了三個三十歲，已經被這些無窮無盡的痛苦野火給燃燒殆盡。

餘裕

不要強求別人的改變，
放過自己，
或許就是自己對生活的一種餘裕。

把不堪的過去挖出來，攤開、鋪平、檢視，這是一段自我傷害的過程，這也是一種慢性自殺，我每天都這樣殺過自己一次又一次。

我坐在辦公室裡發呆。

我曾經把強強的死怪罪給吳爸吳媽，都是他們逼我得要更認真賺錢，逼得我沒時間陪伴強強，如果他們離我遠一點，不要時不時來煩，或許強強可以活得更快樂，活得更有空間。

我答應強強的那些約定，再也沒辦法實現。

從那天起，我恨透了薯條、麥當勞、工作、吳爸吳媽、我媽和黃先生，但我最恨的還是我自己……

我拉起長袖，看著手腕上密布的疤痕，都是我想去陪伴強強的證據。

敲門聲響起，我回神，抬頭看去，是海洋。

她表情擔心地走向我，很小心地開口問，「妳還好嗎？」

「他們離開了？」

「對。」

「請保全加強管理，尤其是那對老夫妻。」

「已經交代，我有請廚房幫妳做一份早餐，等等會送來。」

「謝謝。」我開始埋頭工作，我知道海洋有很多話想問，也知道她不能問，也無法問，她正在掙扎，我也知道，後來我抬頭看她，很認真地對她說了一句，「我沒事。」比起強強的死，這些糟蹋都只是小事，殺不死我，所以我才苟延殘喘到現在不是嗎？

海洋彷彿這才安心下來，我不忘叮嚀她，「記得替妳自己應徵一個助理。」

「我不需要啊！」她說。

「需要，接下來我手上的事，會慢慢交到妳手上。」

海洋一聽，急壞了，趕緊來到我面前，「妳這樣說很可怕。」

柯博裕說我胃長了東西，不管是好是壞，我現在就是病了，要是我三不五時昏倒，那寓所的事怎麼辦？

我對海洋說，「就是多個可以幫我分擔事情的人。」

「妳騙人。」她回我，「妳真的不打算照胃鏡嗎？邱醫師一直要我勸妳。」

「別說我，就問妳勸得動嗎？」

海洋尷尬地笑了笑，「總有奇蹟的嘛，妳看看我，我不算是一個成功的案例嗎？我現在很快樂。」

「妳很幸運。」但我沒有。

「妳也可以。」她很認真。

但我不能嘲笑她的天真，擁有的人，都可以理直氣壯地說幸福是真的，可我這個一直失去的人，沒辦法這麼理所當然，我也曾經以為我跟強強可以就這麼快樂地生活下去，事實上是，我被上天打了很大一巴掌，直到現在都還頭暈目眩的。

「不說這個了，妳去忙吧！」這是我給她的回應。

海洋有些失落地點點頭，在離去之前對我說，「我知道有些話很難以啟齒，我過去也是這樣，把很多事情放在心裡，但其實心很小，它應該只放開心的事情就好，所以不開心的事，就說出來，第一次總是比較難，可是經過了，就發現好像也沒那麼難……」

我微笑，謝謝她的鼓勵。

她繼續說，「我只想說，或許妳是老闆，但在我心中，妳是最好的姊姊，我很喜歡妳，希望妳健康，也希望妳……可以走出來。」

我沒辦法回答她，幸好手機有人來電，幫我解決了這個問題，海洋要我先接電話，接著就退了出去，我趕緊拿出手機，發現手機上頭還掛著一顆行動電源，都忘了該還給謝紀江。

我看到來電顯示，接起劈頭就問，「有消息了嗎？」

「有，我查到林小姐會搭下星期的班機返臺。」

「確定？」

「對！還帶著她先生跟小孩。」

「那麻煩你再幫我繼續跟著，我需要知道林小姐的住處。」

「知道，妳放心啦。」

我掛掉徵信社陳大哥電話，想著下一步該怎麼做的時候，辦公室分機響了，我連忙接起，就聽到護理師對我說，「雪曼姊，美蘭阿姨狀況不太好。」

我電話一丟，拿起感應卡就衝出去，撞上端著餐盤的謝紀江，飯菜灑了我一身，我也不管，趕緊去按電梯，電梯門開，我迅速進去，這才發現手上的感應卡不見了，氣惱之餘，才想回頭撿的時候，謝紀江進來，拿卡幫我感應後問，「幾樓？」

「七樓。」

他按下樓層，把感應卡還我，扯下他脖子上的毛巾遞給我，「妳看起來很狼狽。」我一凜，看他一眼，沒接過毛巾，也不想回答，「你為什麼在這裡？」

「一銘說廚房水管有些問題，要我過來處理，還有妳辦公室的燈光要加強，剛好處理完廚房，看到他們要送餐到妳辦公室，想說順路幫忙拿過來。」

「不好意思。」畢竟是我撞到他的。

「沒關係。」

電梯一到七樓，我快步走了出去，來到美蘭阿姨的病房外，邱醫師很擔心地對我說，「看妳要不要轉到大醫院去了，器官衰竭很嚴重，不知道還能撐多久……不然就是要插管。」

「不需要，我能進去看看她嗎？」

邱醫師點頭，我換上防護衣進去看美蘭阿姨，看著她因為無法進食，只能靠鼻胃管撐住，整個人縮小一圈的身子，我的心就好像被人用力捏著。阻止我一次次接近死亡的人就是美蘭阿姨。

送走強強後，我也想跟著他去。

是美蘭阿姨將我從路口拉回來的，她見我失魂落魄什麼話都不說，便帶我去報警，警察聯絡了我的家人，但我媽跟黃先生都表示他們沒有我這個女兒，美蘭阿姨便帶我回到她家。

她自己一個人住，滿牆都是她的全家福。

那時候的我，看都沒看一眼，只是在她暫時收容我的一間小房間裡躺著呼吸，想到強強就沒有活下去的理由，我就這麼自私地在她家裡做盡各種傻事，都被她攔了下來，她沒生氣，也沒怪我，只是靜靜抱著我說，「沒關係、沒關係，我都知道……」

租屋處打了很多通電話來，我沒有心力接，是美蘭阿姨幫我接起，替我去收拾整屋子跟強強的回憶，她問我，「妳想留還是丟？」

我看著美蘭阿姨，「我只想去死。」美蘭阿姨仍舊只是拍拍我，什麼話都沒說。

一晚做夢，我夢到強強一直喊我，他在夢裡笑得很燦爛，對我說了一句再見後，就不見了。我整個人驚醒，不想要他離開我，我發瘋似地衝回租屋處，發現那裡已經換人住，我跟強強的東西都不見了！

我頓時崩潰，我賴在租屋處門口大哭，我後悔我為什麼沒有來整理……我再次把所有事都後悔過一次，然後質問我自己，為什麼我後悔的事情那麼多？

我不知道哭了多久，哭到屋裡的人出來嗆聲要報警，哭到房東都來了，房東看我這樣也只能安撫新房客，接著美蘭阿姨來了，不停向大家道歉，然後想盡辦法把我拖離開，可我還是因為不能承受，不斷掙扎，許久沒有修剪的指甲甚至劃傷了美蘭阿姨的臉。

她仍然只給我一個笑臉，一句沒關係。

我頓時覺得自己不只搞砸自己的人生，也搞砸強強的，現在甚至還拖了一個沒必要對我負責的美蘭阿姨下水，我蹲在路邊痛哭失聲，美蘭阿姨也沒有阻止我，只是陪我蹲在路邊，聽著我哭。

過了很久，我哭到沒有力氣，美蘭阿姨自己腿也麻了，但還是扶我回家，我看著她緊握著我的手，一路上都緊緊盯著……

然後她把我帶到她家頂樓，裡面是她幫我從租屋帶回的所有東西。

我再次哭到不行，除了謝謝，我沒有別的話好說。

她只是笑笑對我說，「要不要試著好好活下去看看？或許，有不一樣的結果也說不定？」

那晚，我跟強強的回憶共度了一整個晚上。

我看著所有我跟強強生活過的痕跡，我們的合照、第一次去動物園買的髮圈、他上幼稚園的第一套制服、他上國小的第一個書包，想起他對我說的那句，「媽媽妳是超人對吧？」

「怎麼說？」

「吳佳佳的媽媽每天都說很累，不煮飯，可是妳每天都加班，還幫我帶點心，妳是超人啊！」我忘不了強強很驕傲的表情。

我的眼淚，好像在這個晚上流乾。

我抱著強強最愛的超人模型，看著自己身上的大小傷，想著既然還不能死，那就活吧，我想看看老天爺還要我怎樣？我還有什麼好痛的？還有什麼過不去的？

在老天要我死之前，我就這樣活著吧，不帶任何期待和盼望地活著，人生沒有什麼好快樂的，也沒有什麼好失去的，我決定賭氣地活下去。

隔天，我把一些東西整理回收，只留下那個超人模型，我跟美蘭阿姨結算這半年的房租，和給她造成困擾的損失，美蘭阿姨沒收，對我說，「要不要一起住，我也是什麼都沒有。」

我愣住，這才知道美蘭阿姨跟老公私奔，兩人偷偷登記，生了兩個孩子。雖然林叔的家人都很恨她，但她擁有林叔跟孩子的愛，她已經很滿足，只是沒有想到一場火災意外奪走她的一切。

一次失去丈夫和一對兒女，長輩把錯全怪在她身上，甚至覺得她為了保險害死自己的丈夫跟小孩，夫家完全不承認她，不准她出席告別式，美蘭阿姨堅強捍衛自己權利，換來的就是一頓辱罵，長輩堅持林家的子孫骨灰要放在林家祠堂，她再愛丈夫也沒辦法反對，換來的是無法祭祀、無法探望，林家人把她隔絕在外，她只能看著照片思念丈夫跟孩子。

「妳知道為什麼我都能剛好阻止妳嗎？」美蘭阿姨做了飯，替我挾了塊肉放到我的碗裡。

我搖頭，她笑得雲淡風輕地說，「因為我都做過。」

我錯愕地看著她，她邊吃飯邊說，「活得太痛苦的時候，誰不會想死，但死了就真的是死了，後來想想，我還不能死，死了還不能跟我老公在一起，我得先想辦法讓林家承認我這個媳婦。」

美蘭阿姨笑得好可愛，像少女一樣，她的夢想就這麼簡單，可卻很難實現，林家的人恨她，認為她搶走林家的兒子、哥哥，害他們分開十幾年，最後換回的是冰冷的屍體，不管多少人指責她，她都吞下來。

這全是我親眼看到的。

忌日一到，美蘭阿姨就會去林家，卻永遠被關在門外，但她也不氣餒，她告訴我，「以前只有我一個人等，現在有妳陪我，還能聊聊天。」

頓時，我還能怎麼怨天尤人？

痛苦是一樣的，但她卻這麼勇敢、這麼樂觀，我做不到像她那樣，但至少我可以不造成別人困擾吧？

眼見存款要燒光了，我開始找工作，美蘭阿姨突然對我說，「妳要不要創業？看妳好像很會做生意，經歷也滿豐富的，我可以投資。」

「但我不知道要賣什麼。」

美蘭阿姨想了想，「賣個好死好了。」

「不懂。」

「死不了就好好活，那活著快死的時候，是不是也想好好死？來開一間專門照顧女人的養老院，妳覺得如何？不用大，但是要舒服！妳知道後面巷口賣碗粿的阿姨嗎？」我點頭，美蘭阿姨繼續說，「為了家庭付出一輩子，兒子女兒沒錢都回來要，現在連店面都抵押了，結果沒有人要養她，把她送去很偏僻的私人療養院，以前我去買碗粿，她都說想把店收了去學跳舞……想到都替她心疼。」

我明白美蘭阿姨的意思，「但很花錢。」

「我真的有很多錢，是我先生跟孩子留下的，我想用這些錢，做更有意義的事。」

於是，就有了美蘭生活寓所。

可卻在寓所上軌道的時候，美蘭阿姨生病了，在林家外頭站了一整天的她，騎腳踏車回來時，不小心跌倒撞到頭，檢查出她有高血壓，連心臟都有點問題，需要二十四小時照顧，她要我幫她在寓所裡留個房間，她不要留在家裡拖累我。

她很堅持，連行李都打包好，我只能答應她。

原本身體還算健朗，也能參加課程，卻因為發了一次高燒而惡化臥床，我每天都會到她病房陪她聊天，她後來還約了律師，當著我的面立遺囑，要在死後把她的一切都給我，我勸她不要，因為搞不好她走了，我也會跟著去。

「就是怕妳亂來，才要給妳，這樣妳就沒心思亂想，妳還有很多人要照顧。」

最後在我的要求下，她的一切都會交由信託處理，我不過就是受託人，而接下來可以有更多的受託人，把她的意志傳承下去，雖然生病的美蘭阿姨一樣樂觀，但我很清楚她心裡還有個願望，就是林家人能接受她，我也想幫她完成，所以她不能站在林家門口等，就換我去。

前兩年，她的婆婆跟公公相繼離世，但她小姑也恨美蘭阿姨入骨，堅決不接受，就連我說美蘭阿姨生病了，她也只說「報應」兩個字。

我很久沒有想呼人巴掌的念頭，但我忍住。

後來小姑也移民到美國，連她哥和姪子的忌日都沒有人來祭拜，我聯絡不到人，只能在林家宗祠外面祭拜林叔跟孩子，真的好荒謬，我好恨這種無能為力的荒唐。

但我不敢說實話，我只能跟美蘭阿姨說，「有，他們都有人在祭拜。」

日復一日，美蘭阿姨愈來愈嚴重，我只能找陳大哥幫我追蹤林家人的行蹤，除了勸小姑以外，我不知道還有什麼方法。

我把自己從過去拉回來，走向躺在病床上的美蘭阿姨，輕喊，「阿姨，我雪曼，妳聽得到嗎？」我看到她手動了兩下，我很開心，「妳要加油喔！我也在加油，我們一起再撐一下好嗎？」美蘭阿姨張開眼睛看了我一下。

我激動不已地對邱醫師說，「看到了嗎？阿姨有醒來！」

「有時候只是反射動作，不一定有意識。」邱醫師冷水潑好潑滿，「剛才有點危險，但現在好一點了。」

「拜託妳了。」我說。

邱醫師用同樣的話反駁我，「是我要拜託妳吧？到底要不要去照……」

「噓！」我不想讓美蘭阿姨擔心我，我就是覺得她聽得見。

多陪了美蘭阿姨一下，我離開她的房間，不忘拜託護理師多幫忙照顧。我知道林小姐回臺灣這次，可能是最後的機會，我沒有退路了，自從我失去強強後，美蘭阿姨的目標也成了我的。

如果能好好替美蘭阿姨實現她的追求，那我這輩子也算是沒有遺憾了吧。

我是這樣想的，那我也活夠了，人生這麼累，是有什麼好留戀的。

我回到辦公室，看到謝紀江正在更換我位置上方的燈，我的桌上有一盤新的三明治。我看他一眼，他邊工作邊說，「廚房幫妳換了新的，我剛拿上來。」我看了很久，他換好燈泡下來，「不吃？妳的興趣是喜歡昏倒？」

我從包包裡拿出行動電源還他，「謝謝。」

他接過收好，「燈幫妳換了個瓦數夠的，也調整了軌道燈，妳不覺得電腦螢幕會反光嗎？」

「看得到就好。我要工作了，麻煩。」我比了個請的姿勢，

他看看我，再看看桌上的三明治，「要活就不要造成別人的麻煩，那是妳的責任，我記得妳是這樣跟我說的。」

他說完扛著梯子離開，我默默地吃起三明治。

然後就看到藍一銘匆忙地走進來問我，「姊，有看到阿江嗎？」

「剛走。」

「他有說去哪裡嗎？」

我覺得好笑，「我需要知道他去哪裡嗎？你這麼緊張是怎樣？」

藍一銘懊惱地抓頭來回踱步，我真的莫名其妙，「你到底是？」

他突然轉身對我說，「我今天才知道他女兒過世了。」

我好像被人用棒子狠狠打了一下腦袋，頓時清醒過來，但還是不敢相信地問了一次，

「什麼意思？」

「是不是很意外？我也是剛剛才知道的，這麼大的事，我們沒有半個人知情，他也不說，我甚至是現在才知道他有女兒，怎麼會突然過世？我還叫他來修東西，姊，打我巴掌，我真的很不應該耶……」

藍一銘講到一半時，海洋拿公文進來，見他慌亂的樣子，好奇問他，於是他又向海洋重複一次，「聽說他女兒國中還沒畢業，他一定很難過……」海洋聽到也嚇了一跳，很快地小心看我一眼。

對她來說，應該是雙重錯愕吧。

剛剛才從吳爸吳媽這裡知道我曾有過孩子，過世了八年，現在又知道謝紀江的女兒剛走，身為藍一銘的女友，跟謝紀江的相處次數肯定比我更多，怕勾起我的傷心事，海洋把公文放到我桌上，「雪曼姊，這些要簽名。」然後拉著擔心的藍一銘離開。

原來這是他站在路口的原因？

歷史總是重複的，我走過美蘭阿姨的老路，而他走過我的路，悲傷都是相同的，我在美蘭阿姨的影響下，也拉了他一把，直到此刻，我都不知道活下來是好還是壞，我也干涉了謝紀江的人生。

會不會在未來的某一天，他會恨我拉他回來？

我不知道。

我只覺得莫名煩躁跟混亂，我無心工作，收拾一下後決定出去喘口氣，沒想到讓我在走廊看到藍一銘跟謝紀江正在談話，而他們也看到我，我連閃躲的機會都沒有，我不會安慰人，也不想安慰。

打算當作沒看到地離開時，藍一銘喊住我，「姊，妳要下班了嗎？」我點頭，然後他說，「妳可以送阿江回水電行嗎？剛才是我接他過來的，但我等一下還有課……」

謝紀江拒絕，「不用了，我可以自己回去。」藍一銘又露出那個擔心的眼神，我掙扎了一秒後說，「走吧，應該順路。」

我走向停車場，依稀聽到藍一銘對謝紀江說，「有事一定告訴我，聽見沒？」看起來是安慰完了，而謝紀江看起來也像沒事了。

他上了車，第一句話就說，「我衣服有點髒，不好意思。」

我搖搖頭，向他要了水電行的地址，然後他的手機開始震動，他看了一下，直接按掉通話，但那人不死心，繼續打來，這讓我想起我媽，那個最不死心的人，跟她碰上的下場就是只有接。

然後惹她不開心，她不甘願打了，她就會不打。

有些人就是要不甘願，她才會甘願。

他拿出行動電源充著他還不時在震動的手機，我眼角瞄到，那行動電源的電源只剩一%，然後就沒電了，我主動說，「置物箱裡有電源線。」他沒理我。

「這次不接，將來總得要接。」

他看了我一眼後，決定接起電話，很冷淡地「嗯」著，最後我看他放在腿上的拳頭愈握愈緊，我察覺他的情緒不對勁，下一秒他就發火了，「那是我女兒，不是妳的，她生病的時候妳有看過她、照顧過她嗎？沒有！那妳就沒有資格說想她！」

他直接掛了電話，接著轉頭看我，「這樣接了有比較好嗎？」

「對你可能沒有，但，我保證對方肯定不會好，你不吃虧。」我說完，他無奈地笑了出來，感覺到他很努力在平靜自己的情緒。

為什麼我又遇到跟我很像的人，難道說，這就是所謂的磁場？還是物以類聚？為什麼相似的人總是會有相似的命運……是因為我們都做錯選擇嗎？

我忍不住問他，「你會氣我拉你回來嗎？」

他看向我，聳聳肩，「我不知道，但至少妳提醒我，我還有事沒辦完，愛達的後事……

他們說未滿十六歲，就簡單安葬，我不懂，生命有這麼簡單嗎？愛達是不喜歡熱鬧，但那也應該是由她選擇自己要什麼樣的葬禮才對啊，憑什麼直接否定她？未滿十六歲就死，是她的錯嗎？我真的不明白……」

謝紀江很認真地表示疑惑，我感受到他的困惑，真的完全可以明白，當初禮儀公司甚至對我說，他們有認識的人，有塊地都是安葬小孩的，我可以把強強放在那裡，價格很便宜。什麼叫「放」在那裡？

我馬上換了禮儀公司，我的孩子是個人，無論他幾歲，他都有資格辦一場像樣的告別式，我想到我手機裡還留有當初幫強強辦後事的黎姊的電話號碼，我對謝紀江說，「我給你一個電話，她可以幫忙，叫黎姊，當初我兒子過世，也是她幫我處理的。」

他愣住，直挺挺地盯著我，我已經習慣這樣的眼神，我淡淡地說，「不介意你叫我一聲學姊，在失去這條路上，我應該有資格當你的前輩。」

他還是看著我，漸漸紅了眼眶，接著像是情緒得到宣洩一樣，他開始哭了起來，像那天我在停車場看到的一樣。我把車子停到旁邊，靜靜地坐著，我聽著他的哭聲，像回到了失去強強那天。

那天很痛，但今天是惆悵。

多希望所有人都不要經歷這樣的痛，可偏偏這又是每個人都會遇到的，沒有人可以逃過面對重要的人的「死亡」，我依然不知道怎麼安慰他，就像我也不會安慰我自己一樣，哭吧，哭完，你會發現，眼淚不會用完。

還得哭上好一陣子。

等到哭不出來的時候，就算復原了吧，就像我現在一樣。

我將他手機取來，輸入我的電話撥出，然後我的手機響了，有了他的電話號碼後，我把黎姊的電話傳給他，並不會因為是舊客戶介紹而比較便宜，死亡是沒有價格的。

他哭了很久，用手抹抹臉，我把衛生紙遞給他，忍不住脫口問，「多久了？」

他一臉不解地看著我，我只好再說一次，「是愛達吧？她離開多久了？」他擦掉眼淚，哽咽地說，「三天，但她在醫院住了快一年，到最後就只是躺在那裡，我有時候看著她，覺得她好陌生，這是我的女兒嗎？那個很調皮很想去韓國追星的女兒嗎？這個人是誰？又瘦又蒼白……根本不是愛達，那我的女兒去哪裡了？她到底什麼時候離開的？我真的不知道……」

我無法跟他說「沒事的，會好的」，因為學姊我本人也還沒好。

有些痛是會跟到你死去的那天。

他深呼吸後，對我說了一句，「對不起。」

我客氣笑笑，示意他別在意，「那我繼續開車了。」

其實接下來到他的水電行也不過三分鐘的車程，我也可以選擇快點送他回家，就不用面對他的悲傷，但我就是無意識地停車了，可能我知道當自己難過的時候，有個人在旁邊看著，好像就沒那麼痛苦了。

我想到美蘭阿姨在我放棄一切時，各種陪伴在我旁邊的畫面。

或許就是沿路上總有像她這樣的人，對我伸出援手，給我一點溫暖，我才有辦法撐到現在，即便我到現在也覺得活著沒什麼意思，但我仍然決定活著，這是我最勇敢的一件事吧。

我開到阿江水電行前面，讓他下車，他向我說了一句謝謝，還有，「謝謝學姊的情報，謝謝妳陪我哭了五分鐘。」

「不客氣。」

他點點頭後下車，我從後視鏡看到他拿出鑰匙準備開門，我正打算離開的時候，又從後視鏡看到一個女人不知道從哪裡跑出來，衝過去就拉住他，兩人像在爭執什麼。

我本來應該離開的，但我走不開。

見他們愈吵愈烈，那女人甚至給了謝紀江一巴掌，我終究還是下車了。我走上前，看到那個女人要再打謝紀江的時候，我出聲了，「請問妳是？」

那女人暫時停手，警戒地看著我。她長得很漂亮清秀，穿著也滿貴氣的，和黃楚雯有點相像，只是她更年輕一點。她反問我，「那妳又是誰？」

「我是阿江的學姊，他剛去我公司幫我處理一點公事，我順路送他回來，想到還有些水電配置的問題要請教他……」她表情鬆懈下來後，我忍不住說出我最想問的問題，「剛好看到妳在打他，請問妳是？」

她被我的問題嚇了一跳，有些惱羞成怒地回應我，「我們在講私事，跟妳沒關係。」

「那我等他，你們先聊。」我退到後頭去。

那女人頓時無法跟謝紀江吵下去，氣憤得紅著眼眶嗆謝紀江，「早知道我就把愛達帶走！她說不定就不會死了。」

謝紀江承受著失去女兒的傷痛，被指責卻不發一語，我很想閉嘴，但某個宇宙的我突然代替我說了一句，「那妳為什麼不帶走？」

那女人和謝紀江同時看向我，她咬牙問我，「關妳什麼事？妳幫他講話？妳是他女朋友？他娶得到老婆？」

「夠了！」謝紀江大吼了那女人一聲，接著壓抑地說，「周佳儀，連愛達的名字都是我取的，妳現在憑什麼在這裡裝好媽媽？」

「她是我生的！」

「但妳不要她。」

「不是我不要，是你家的人讓我不能要。」周小姐大聲反駁，卻像打中謝紀江的雷點，謝紀江彷彿中了什麼開關一樣，整個人激動起來，朝周小姐怒吼，「妳再給我說一次？」

「我什麼意思你很清楚，你家亂七八糟，我還是願意嫁你、等你當完兵，結果你連結婚的錢都拿不出來，那時候我才幾歲，想到我的人生就要毀在那個時候，哪個女人會不跑？聽我媽的話是對的，不然我的一輩子就跟你陪葬！我沒有對不起你，我對不起的人只有愛達！」周佳儀說完轉身就走。

我看到謝紀江最狼狽的時候。

就像他在看我一樣，我很同情，可是我無能為力。

我看他一眼，希望他有看到我的鼓勵，接著我開車離去。我看到謝紀江站在他的水電行門口發呆，就像我當初抱著強強，不知道該去哪裡，臉上寫著無盡的茫然。

希望他能找到方向，不管是什麼都好。

要活了，就活下去吧。

我回到家後，好好地洗了個澡，抱著強強留下的超人模型，像在充電一樣，讓自己暫時放空。短短兩天，實在發生太多事了，我需要消化一下。確定自己可以回到工作狀態後，我終於打開筆電。

卻是傳訊息給藍一銘，讓他關心關心謝紀江。

「姊，那妳不用被關心嗎？」他很快回覆我，我回了兩個問號給他，他的訊息隨即又來，「我聽海洋說了，今天有一對老夫妻來寓所裡面鬧，然後……」

「我沒事。」這三個字就是我最好的句點。

我登出社群軟體，開始處理市府來函，還有內部軟硬體需要改善及重新規畫的報告。我經常接觸死亡，雖然我們是小規模的養生寓所，但一個月總有個人會去當天使，一開始我也很難習慣，尤其是年輕的護理人員，總是很難接受自己照顧很久的奶奶、阿姨就這樣離開。

我找了心理諮商室跟一些講師來寓所上「面對死亡」的課，那些愈接近死亡的人，表現得愈平靜；不能面對的，總會哭得淚流滿面；至於我，有些逃避地不敢去上。

沒關係，我本來心理就不太健康。

忙了一整晚，處理了好幾份急件公文，當我喘過氣來，已經天亮了，又是新的一天，我看著微微透進的陽光，卻不能被照暖，我陰暗溼熱的內心早已長滿又滑又髒的苔蘚。

我拉上窗簾，試著讓自己睡兩個小時，然後去上班。

一到寓所，我又看到吳爸跟吳媽站在寓所外面，我當作沒看到，直接把車開進去，保全人員來到我的車邊向我說明狀況，「江小姐，那對夫妻已經在外面站很久，沒讓他們進來，但是……」

「不管他們。」

我停好車，到會議室跟幾個重要幹部，包括海洋，開了三個會，接著上七樓看看美蘭阿姨，一樣拜託護理師多照顧。之後我回到辦公室，海洋也進來了，她直接對我說，「吳先生跟吳太太想見妳一面。」

我知道我不處理，麻煩的人會是他們。

但我暫時沒辦法處理，因為處理不來，我可以處理事情，但我處理不了他們的情緒，我知道他們恨我氣我怨我，我願意讓他們埋怨一輩子，到死都可以把我當個壞女人，可我不想跟他們有任何接觸。

就像跟我媽相處一樣，惡性循環。

可吳爸吳媽已經連續在寓所外等了五天，第六天的時候，當我看到只有吳爸一個人，我終於在他的面前停下車，走向他，開門見山就問，「到底有什麼事？」

「妳覺得我們兩家之間結束了嗎？」

我忍不住好奇問道：「所以是要打個你死我活？那打吧，幾個巴掌才夠？打完了可以離開我的生活嗎？各自安好，不難吧？」

「對妳很簡單，但我們兩夫妻，就是做不到！我太太已經難過到住院了！」

「所以你要我怎樣？」

「一個道歉，向我跟我太太道歉。」吳爸很直截了當地說。

我笑了出來，「我沒欠你們什麼。」

「妳有！」

「你該不會還覺得，你家之所以會變成這樣，都我的錯？」

「難道是我們的問題嗎？十幾年前妳就該跟阿達分手，如果分得夠乾脆，後面這些事都不會發生，阿達過世了，孩子本來就該是我們家的，都是妳硬搶，搞到我老婆太崩潰，最後精神失常，這難道不是妳的責任嗎？」

我無言以對，雖然很想據理抗爭，但沒有力氣，「所以我說對不起，你們就可以不要再來了？就算不是真心的？你們也接受？」

「當然就是要妳誠心懺悔，妳欠我們家太多了！」

「那你們慢慢等吧，很可能不會有那一天，說不定我會比你們早死，但我在這裡說最後一次，我沒欠誰，更何況是你們吳家，我不計較，是因為你們吳家永遠覺得自己最委屈，我曾經因為你們的責怪跟洗腦，覺得強強過世真的是我的問題，我甚至因此自責、痛恨自己，但這麼多年過去，我發現你們真的不可理喻到無可救藥，我到底為什麼要如此責備我自己？吳先生，吳敬達的爸爸，你們吳家本來就不配擁有強強，一秒都不配！」

突然覺得強強的離開，或許，不算完全壞事。

他可以不用看到人性這麼黑暗、這麼無恥的一面，他在最天真的時候，來到這個世界一趟，在他心中，保留對這個宇宙的想像，不用擔心被現實擊倒，我替他慶幸。

吳爸憤怒地盯緊我，還是那句，「沒家教。」

為什麼這些人總是學不到教訓，永遠只會檢討別人？因為這樣才會讓自己好過嗎？但這樣對別人公平嗎？

「還好我爸媽沒有教我，不然我怕自己變得跟你們這些人一樣討厭，你可以走了，去照顧你太太，忘記我這個讓你們恨之入骨的女人，去做些自己想做的事，而不是被自己的愚昧困住，祝福你們。」

不要強求別人的改變，放過自己，或許就是自己對生活的一種餘裕。

餘光

妳知道樂觀是可以假裝的嗎？
假裝久了，就好像會變成妳自己的，
就會是身上的一部分，
然後混在一起，變成天生的。

我靜不下來。

每個往我湖子中丟石頭的人，我都謝謝他們讓我的水位高了一點點。

我買了薯條去看強強，他是我唯一能說話的人，我可以把心裡很多事告訴他，有時候待久了就會忘記時間，死去的世界感覺很美好。

整個空間都這麼地寧靜、舒服。

然後我在這裡聽到了吉他聲。

我很意外，以為自己幻聽，這是強強住在這裡的第一次，有這麼美妙的音樂聲。聲音是從樓上傳來的，我走了上去，經過幾排強強的鄰居，我默默地頷首打招呼，接著看到一抹有點熟悉的背影。

是謝紀江。

我想他找了黎姊，也讓他的女兒住進了這裡。

我不想打擾，於是轉身離開，他卻叫住了我，「欸，謝謝。」我愣了一下回頭，音樂聲停了，謝紀江看著我，用手勢對我比了個招呼，然後邊調音邊說道，「很快吧！七天，解決一個人的後事，只要七天，可是對活著的人，活一天像活七年。」

「會好一點，現在只會度日如年，不至於到七年。」

他要笑不笑地，「沒想到妳有幽默感。」我不置可否，他對我招招手，「要跟愛達打個招呼嗎？」

我下意識地走過去，見到照片上是一張亮麗青春的臉，我不會有「啊，這麼年輕就離開，真可惜」的感覺。強強的離世，真正地告訴我，棺材裡裝的不是老人而是死人。

不管幾歲，在生命的面前，大家都一樣脆弱。

沒了，就只是一瞬間的事。

看著愛達的照片，送走強強那天的情景也在我的腦子裡重新播放一次，以前想到就會哭，現在已經哭完了，留下的只有遺憾跟羨慕，「嗨，愛達，強強在樓下，如果你們還沒投胎，希望你們能當個好鄰居；如果還沒投胎，也別去了，看看你爸，看看我，也沒有過得多好。」

「在跟她講什麼？」謝紀江好奇問我。

我被他問得突然心虛，回答不出來，他苦笑後說，「不會是叫她不要投胎吧？」我猜我表情應該更心虛，他坐到地板上，直接再彈起另一首歌，很輕很柔的，邊彈邊說，「她生病到連呼吸都很痛苦的時候，我也在心裡想，太辛苦了，以後不要當人了，就不會生病了……但要是她上輩子的家人也這樣說的話，那這輩子，我跟愛達就遇不到了。」

我看著他，「前人種樹，後人乘涼？」

「可能是我太自以為是，覺得我是她的終點，但說不定她還有很多個下輩子，只是剛好這次過得不好而已。」

「你滿樂觀的。」我說。

他不承認也不否認，「妳很悲觀。」這是他對我的註解。

但這是事實，我承認，「我從小悲觀。」我就是悲觀主義者，就連擁有強強的時候，我也時常焦慮會不會失去，我覺得一切都結束最好了，什麼都不用擔心，也不用在意，心裡會舒服很多。

「妳知道樂觀是可以假裝的嗎？假裝久了，就好像會變成妳自己的，就會是身上的一部分，然後混在一起，變成天生的。」

「你嗎？」

他笑笑，接著繼續說，「我要安慰愛達，我不能比她洩氣，我要告訴她，未來很好，再撐一下，爸爸陪妳去韓國追星，妳喜歡的團體，我都買票帶妳去看，我要假裝睜開眼都是希望，就算那時候醫生告訴我，她快不行了，我還在講這些話，現在想來，好殘忍，她一定也知道我在騙她。」

他語氣很平靜，但我知道這是他消化、咀嚼過好幾次，才有辦法說出口的傷痛，我猜想，「說不定愛達也被騙得很高興。」

我驚覺自己話說得太快，但我收不回來了，他看向我，彈了個C和弦後，再看向愛達的照片，接著對我說，「樂觀的人會說『對』吧？」

我們兩人對看，苦笑。

「所以，你還好嗎？」

「在學姊面前，不敢說不好，妳……很強。」

我的人生經歷在他的認知裡，剩下很強兩個字，不知道該哭還是該笑，他想了想後，用一種很疑惑的表情看著我，「妳怎麼都不會反抗？」

「反抗誰？」

「那天在我酒吧裡罵妳的女人，還有妳的初戀……跟那對老夫妻？」他怔怔地看著我問，眼神像在說妳人生的麻煩還真多。

我有些意外，在酒吧的事，他親眼看到沒錯，我跟柯博裕吵架的時候，他也在現場，但我不知道我跟吳爸吳媽爭執的那天中午，他也在，所以我好奇地問了，「那天你在？」

「我剛好在警衛室修冷氣管線……」

全被看光光，但我其實也沒什麼好在意了，這幾天大家看我的眼神，從敬佩的女強人，變成曾有過一段悲慘過去但仍讓人敬佩的女強人，很多事不用說得太明白，能住進來的人，都是有過各種歷練的人，看過的風雨會比我少嗎？

見過大場面的人哪會大驚小怪，所以，沒有人問我，也沒有人安慰我，只是用各種帶情緒的眼神看我，我都能理解。

「反抗太累了，我不喜歡爭執。」

「但妳偏偏會帶來爭執。」

我看他一眼，認同。

「因為妳很傲慢。」

「我？」

「妳很像站在比他們高一層的地方在審視他們，所以他們會心慌，會害怕，會覺得自己的偽裝被妳看穿。」

「就像你現在這樣？」

「妳太強大了，別人就很容易覺得自己渺小。」

「那是他們的問題。」

「沒錯，是他們的問題，但或許，妳可以站下來一階，看看這些很不完美的人，他們其實也在某個地方很努力？」我狐疑地看著他，他改口說，「當然也有不完美又不努力的人，我只是在想，我們是不是都少看到了一些可能？」

他收起吉他，聳聳肩說，「不用理我，我只是自言自語。」

他繼續彈奏，我走向這層樓的對外窗，看著外頭的湖水，腦海裡閃過的都是他剛講的「一些可能」。

有嗎？誰的身上，還有一些可能？

我，有嗎？

我陷入了前所未有的疑惑，其實我很少與人對話，講最多的人就是我媽，也跟她吵了最多，而無論是柯博裕、吳敬達，我曾喜歡過的男人，彼此間也很少談論這些，畢竟那是二十年前的我，還無知，還懵懂，聊的都是些學業上的瑣事。

自己是什麼？我只跟自己討論，卻從來沒有頭緒。

我不知道發了多久的呆，他從身後拍拍我的肩，「時間差不多了，該下去了。」

我這才回過神來，有些侷促，我居然跟他在靈骨塔裡待了兩個小時。

這很不合理。

我點點頭，趕緊跟上，沒想到他居然下樓，然後走到強強的面前說，「嗨，愛達就麻煩你照顧了，有什麼她不懂的，你再教教她。」他雙手合十，非常恭敬地鞠了三次躬。

我還在詫異的時候，他轉過頭說，「黎姊帶我幫愛達晉塔的時候，我有先來拜過碼頭，這兩天相處起來，我跟強強算熟吧？」

「我只夢過他一次，沒辦法幫你回答。」

「謝謝。」他再次說了這句話，我聳聳肩，快他一步離開這裡，接著回寓所看美蘭阿姨，我沒忘記林家小姑要回來，我還有一場很艱難的仗要打，而這不是關乎我，是美蘭阿姨。

我真的真的願意拿我的所有，交換小姑承認美蘭阿姨的存在。

至今過了這麼久，我還是無法明白，憑什麼最親最愛的人，連這一點權益也要被剝奪，講一句最難聽的，林家小姑現在是拜別人祖先，她已經好久沒有回來看自己的哥哥和爸媽，為什麼要占著茅坑不拉屎。

我不是要說美蘭阿姨的老公和公婆是大便。

但小姑就是莫名把他們變成這樣。

有時，你想捧在手心珍惜的東西，被別人搶去，卻當成垃圾，那種感覺很讓人窒息。

我向美蘭阿姨講了剛剛發生的事，她沒有反應，但我還是請她幫我，多給我一點力量。畢竟我說了努力沒有用，很多時候還是需要靠點運氣的。

回辦公室的路上，我看到海洋很努力地還在工作；經過繪畫教室看到藍一銘很有耐心地在教導寓友們；下樓的第一間教室，凌菲正在教幾個肢體比較緩慢的寓友簡單的瑜伽動作，她滿身大汗。

我相信，如果我不在了，他們一樣會這麼認真地生活跟工作。

沒有少了誰就不行的世界。

我走進辦公室，嚇了一跳，Elva正在幫我整理凌亂的桌面，我驚呼出聲，「妳怎麼在這裡？」

「我月底才去加拿大，海洋叫我回來當工讀生，我現在負責幫妳跟她處理一些雜事，老闆好。」

我哪會不知道海洋這些小心思，我走到位置上就看到好幾間醫院的腸胃科簡介，抽屜也放滿了零食跟各種保健胃藥，我看Elva一眼，她笑笑對我說，「如果老闆選好要去哪間醫院照胃鏡，我馬上幫妳預約。」

我把那些簡介推到一旁，開始工作，Elva把它們收走，我以為她會就這樣放棄，但她沒有，我忙完抬頭的時候，那些簡介貼在我的辦公室門口，我當沒看到離開，上車準備回家的時候，副駕的駕駛座還放了一疊。

窮追不捨。我沒有生氣，我只覺得好笑，把簡介塞進置物廂的時候，我的車窗被敲了敲，我按下車窗，四顆大頭出現在我眼前。

他們四個同時對我說，「吃消夜啊，老闆。」

「不吃。」

我「吃」都還沒有發音完，藍一銘上了副駕，凌菲、海洋跟Elva都坐到後座，「你們好煩。」我說得很真心。

但他們沒有要理我，就是打算賴皮到底，藍一銘說，「姊，去阿江的店，我好想吃他們的滷大腸，而且今天是阿江唱歌，給他捧個場，也熱鬧一下啊，妳也知道他最近……」

沒等藍一銘說完，我已經發動車子了，他們不知道我其實私下跟謝紀江碰過很多次，不過我還是忍不住說，「過度關心也是一種壓力。」

「但不關心不是人。」藍一銘回我，「阿江沒有家人了，他只有自己一個人。」我愣了一下，藍一銘又繼續說，「說真的，他也是把心事藏很深的人，不去挖根本不會說，就跟某人一樣……」

他們四個同時看向我，我真的不懂，他們什麼時候開始敢對我這麼放肆的？我淡淡掃過他們一眼，他們笑笑看我，海洋把身體湊向前，「雪曼姊，妳是不是覺得我們都會怕妳？但其實不會耶。」

「妳只是看起來有點無情。」凌菲說。

Elva接口，「但其實心裡很溫暖。」

「好了。」我說，我沒那麼在乎自己，我是怎樣的人不重要。

藍一銘看著我，「姊，妳知道很久很久之前有一個人，他有很多祕密，照三餐把祕密吞下去，然後他就爆炸了。」他講得很嚴肅，但我只想叫他閉嘴，我轉頭看他，他笑笑對我說，「我知道信任一個人很難啦，可是妳不嘗試看看，怎麼會知道？人生有很多可能啊，有很多路可以走，不是只有妳想的那一條。」

「閉嘴！」我說。

因為他跟謝紀江說了很像的話，是學校老師教的嗎？統一洗腦是嗎？

「雪曼姊，妳不是喜歡把選擇放在自己手上嗎？先照胃鏡，至少知道什麼狀況，妳可以選擇要不要治療啊……」海洋也說話了。

我沒有回答，因為我不知道怎麼反駁他們，他們說的也沒有錯。

接著凌菲就把話題轉移掉了，我們討論著公事，聊著美蘭阿姨這兩天狀況還不錯，然後海洋聊到高空彈跳的活動已經接洽完了，她問車上的幾個人有沒有興趣，要不要一起參加。

他們都有懼高症，頻頻說不，但我也不知道怎麼了，我說好。

他們都嚇了一跳，我自己也是，我想起自己曾經站在醫院頂樓的女兒牆上，然後美蘭阿姨不知道怎麼出現的，她坐到我旁邊，陪我看著遠方，然後說了一句：「跳下去，就真的什麼都沒有了，要不要再想一下？」

「可是我現在也什麼都沒有了。」

「其實妳有很多，只是妳不想要，不會有人什麼都沒有的。」

那一次沒跳，這次跳，也算是完成了我當時的一點點遺憾。海洋聽到我要跳，對著其他人說，「雪曼姊都跳了，你們真的不跳嗎？難得一次，公司花錢包場了喔！」

最後，除了要去加拿大的Elva，大家都要跳了，藍一銘還問我，「阿江可以參加嗎？」

「他自己決定。」我的回答。

藍一銘很有信心地說，「他一定會去，我相信。」

我相信，這是多有自信的一句話，為什麼藍一銘能這麼有自信地講出這句話，我從來不敢相信什麼，因為相信的下場，總是落得很悽慘，到最後，我也不敢相信自己了。

「如果他沒去呢？」我問。

「他的損失啊，尊重。」

「但你不是說你相信？」

「我相信是我的理念，他不照我的理念走，是他的自由，但不會影響我的理念啊，反正我還是相信他一定會去的啦，賭一次，輸的請消夜！」

然後我輸了。

我們被謝紀江安排入座的時候，藍一銘問他要不要一起去高空彈跳，他毫不遲疑地點頭了，藍一銘很得意地看我，然後被海洋打。

願賭服輸，「要吃什麼盡量點。」我把信用卡拿出來放在桌上。

於是不用十分鐘，滿桌子都是餐點，我冷冷看著他們，「沒吃完，我會用倒的，倒進你們的嘴。」

我倒了杯酒要喝，被Elva搶過，塞了溫水跟叉子到我手上，「吃點東西再喝酒，胃比較舒服，而且妳等等要開車送我們回去，不能喝酒。」

突然有種誤上賊船的感覺，我忍不住說，「妳不是回來當工讀生的，妳變成看護了。」

Elva笑笑，「也ＯＫ，妳健康比較重要。」

一比四，終究是敵不過的，我認命地吃著東西，接著看到謝紀江上台，第一首唱了〈寶貝〉。

白天聽他彈吉他，沒聽過他的歌聲，沒想到竟然有些療癒，或許是吃驚的表情太過明顯，被藍一銘看到，他很自豪地說，「阿江以前就會彈會唱，多少學姊學妹都愛他，他晚上會去Pub駐唱，那時候還沒滿十八歲，我承認，我幫他做過假證件……但都過去囉，不能報警。」

凌菲好奇地問：「他想當歌手喔？」

「是賺小費，他家境不太好，很努力在打工賺錢。」

海洋輕嘆，「也很辛苦。」

藍一銘抗議，「我也很辛苦，妳也很辛苦，這裡誰不辛苦，心疼我就好了。」海洋餵了一塊烤章魚到藍一銘嘴裡。

「吃東西可以，但不要放閃好嗎？」Elva抗議。

凌菲又好奇，「所以他跟他太太是離婚了嗎？」

藍一銘聳聳肩，「我不敢問，不然等等妳問。」

「我才不要，那是你朋友，你不關心誰關心？」凌菲拒絕。

「兄弟之間不會問那麼無聊的事好嗎？」

海洋不認同，「所以我很無聊？你也不跟阿江聊我的事嗎？」

藍一銘看海洋臭臉，馬上投降，「不要亂挖坑給我跳，我的意思是，他不主動講，我怎麼好意思問，難道妳們會直接問姊說，妳後來一直沒有交男朋友，難道是因為還想著前男友嗎？」

所有人看向我，我說：「我沒有，我只是不相信愛情而已。」

海洋看藍一銘一眼，「的確，愛情不太能信。」藍一銘嚇壞，趕緊哄著海洋，大家看了好笑。

我看向台上，謝紀江翻著歌譜，然後對大家說，「這首歌獻給我女兒。」全場譁然，可見許多熟客也不知道這件事，接著謝紀江用很平靜的語氣說，「雖然她前陣子離開我了。」全場安靜，透過麥克風，都能感受到謝紀江語氣裡的淡淡笑意，「謝謝她來過我的世界，在我心裡種了花，到現在我還能聞到她留下的花香……」

接下來他唱起一首韓文歌，我想到他說想陪女兒去追星，想必這首也是女兒最喜歡的歌吧。

我回頭，看到我們這桌的女人，全都哭得亂七八糟。

「不是早知道了嗎？」我好奇地問他們。

海洋一把眼淚一把鼻涕地說，「聽到他親口說，好讓人難過。」

是啊，滿讓人難過的。

所以我偷偷起身到外頭抽菸，想緩和一下自己的情緒，其實我剛才有一度很羨慕他，可以在這麼多人的面前開口，這麼平靜地剖開自己的傷口，唱著自己的遺憾，比起來，他還是比我勇敢很多吧？

他是不是也正在創造他自己的一些可能？

正當我熄掉菸頭時，我看到一輛計程車停在店門口，走下來的人是周佳儀，我有些意外，她看到我更驚訝，但很快掩飾過去，走到我面前直接問，「妳怎麼會在這裡？」

「跟朋友吃消夜。」

「是嗎？妳要不要乾脆承認妳就是謝紀江的女朋友？」

「我不是。」就真的不是。

她用一種過來人的心情開導我，「不是最好，勸妳不要。」

我反倒好奇了，「為什麼不要？」

「妳以為我當初為什麼要逃？就是他家很可怕。」

「然後呢？」

我不懂她跟我說這麼多幹嘛，她因為我的反駁愣了一下，有些不服氣地說，「我是好心。」

「謝謝，但妳是？」用什麼身分立場跟我說這些話？

「前女友，也是愛達的媽媽，他把女兒照顧到生病，我說要把女兒接過來跟我一起住，他一直不肯，搞到後來我連跟女兒相處的機會也沒有……」看得出來她很難過，因為她紅了眼眶，這些話聽起來很真，畢竟我也聽過不少假話，這一點我還是分辨得出來。

但反倒是我想問，「憑什麼？」

她愣了一下，我再問一次，「憑什麼妳想逃就逃，想回來就回來，想接走女兒就接走女兒？妳憑什麼？」

她不滿地說，「女兒是我懷胎十個月生的，那時候謝紀江在當兵，我住在他家，有多痛苦妳知道嗎？不管我爸媽怎麼反對，但我還是願意等他退伍，我就是認定了他，後來我爸媽終於答應了，結果他拿不出聘金也不辦婚禮……」

「所以妳就把剛出生的女兒丟著跑了？妳知道謝紀江家境不好，那為什麼妳不帶走女兒？如果妳這麼在意是自己懷胎十月生下來的，妳怎麼忍心放下她？其實還是因為妳怕孩子麻煩吧？妳不想被孩子絆住吧？」

她被我說得面紅耳赤，反嗆我，「妳憑什麼對我指手畫腳？」

「因為我跟妳不一樣，我的孩子就是我的，日子再難過，我都沒有過丟下他的念頭，一次都沒有，我知道妳後悔了，妳想來想去，還是想念女兒，所以妳想要回女兒，這都沒有錯，但妳憑什麼覺得只有妳自己受到傷害？愛達過世了，妳把所有的錯推到謝紀江身上，公平嗎？妳憑什麼在別人的人生裡進出自如？我相信不是他阻止愛達回妳身邊，妳難道就沒有想過，或許愛達也不想要妳這個媽媽嗎？畢竟妳從一開始就不想要她了！」

我居然說出，「我相信」三個字。

「閉、閉嘴！」她慌張了。

但我不想，「你們這些人，想要就來，不想要就逃得遠遠的，我們是什麼犯賤的人，要這樣被你們糟蹋嗎？愛達如果在天上，看到陪她、愛她的爸爸，被自己媽媽這樣騷擾糾纏，她心裡會有多難過？我不知道妳到底還一直來找謝紀江幹嘛？要他向妳道歉嗎？但妳保證妳和他之間，妳沒有半點錯？如果有，對不起三個字，妳是不是也該還他？」

「我跟他之間的事，不用妳管，妳只是個外人……」

然後謝紀江的聲音出現了，「妳也只是外人。」

我們兩人回頭看去，謝紀江跟藍一銘他們都站在門口，我不知道我說的話，他們聽了多少，但看他們表情，應該是不少。

「在我跟愛達之間，妳永遠都是外人。」謝紀江講完後，把一張紙條遞給周佳儀，「愛達安置在這裡，妳可以去看她，我不介意，過去很多事情，我不想再提，是因為我覺得年輕的時候，我的確是虧欠妳，我家沒錢，給不起妳要的婚禮，我的存款也付不起妳爸要求的聘金，妳可以把問題都丟給我，但愛達才生下來十天，妳就消失了，我四處找不到妳，妳有想過愛達嗎？這麼多年才再出現，我不也讓愛達跟妳見面了，但她跟我說，媽媽兩個字她叫不出口，對她而言，妳就是陌生人，妳要我怎麼把她的後事交給一個陌生人處理？」

周佳儀完全無法回答，連吭一聲都困難。

謝紀江接著說，「妳就來找過愛達一次，就一次，我有沒有問妳，愛達生病了，妳要不要來看她一下？有沒有？妳來了嗎？來了，在她離開的第二天，請問妳來幹嘛？」

周佳儀似乎承受不住，抓了紙條就跑走，面對自己造成的事實，的確很難堪，但說出這些真相的人，心裡好過不到哪裡去。

他們幾個人見周佳儀走了，也先回店裡。

外頭剩下我跟謝紀江。

說真的，有些尷尬，畢竟我似乎踩進了他很私人的領域，我不應該多嘴的，我剛剛可能就中邪了吧。

我決定也回店裡，謝紀江拉住我，我好奇看他，他一臉抱歉地看著我說，「對不起，把妳扯進來了。」

「無所謂，事情解決了就好。」我相信周佳儀不會再來找他。

「那妳呢？」他突然問我。

「我怎麼了？」

「妳在堅持什麼？」他再丟了一個問題給我。

我收回我的手，「不知道你在說什麼。」

「那對老夫妻、妳爸妳媽……還有很多，那些讓妳很有壓力的事，妳還在堅持什麼？」

「我的事，跟你沒關係吧？」

「學弟想關心。」

「學姊不需要。」

我回到了位置上拿走包包，到櫃檯結帳，回到家後，我想著謝紀江講的那句，「妳還在堅持什麼？」

可能是堅持著，我難過，大家一起難過。

我想到吳爸吳媽對我的辱罵，這麼多年了，他們還是那麼恨我，但他們憑什麼恨我？就像周佳儀一樣，她生了女兒不管，現在才來要當個媽媽，不是為時已晚？吳爸吳媽不就是因為沒有後代了，才肯承認強強的存在。

他們一直在做讓自己後悔的事情，而我為何要替他們的後悔買單？

但有沒有可能，是他們承受不住後悔的結果，只能找我出氣，就像周佳儀把錯都推給謝紀江一樣，有沒有可能，這樣才是他們能好好活下去的方法，他們也無可奈何？

像直流電穿過我的身體，此刻，我對那些討厭的人，產生同理。

謝紀江把我教壞了，這些我根本不需要。

我逃避地吃藥睡覺，可偏偏產生了抗藥性，再加上胃又莫名痛了，我失眠了整晚。

隔天去上班，我整個人完全不在狀況內，開會不停打瞌睡，這是我第一次這樣，最後是我自己受不了，於是宣布會議結束，我需要透透氣，我走到花園裡，想聞聞花香，卻意外聽到幾個護理師推著寓友們散步聊八卦。

隔著花叢，我聽到了我是主角。

「人真的要善良啦。」

「沒錯，真的是活該，有錢有什麼用，老了沒小孩在旁邊，然後太太又瘋，聽說之前找過好幾個看護去家裡二十四小時照顧，都被那老太太罵跑了，我之前實習醫院的學姊的朋友也有去做過，好像兩天吧，直接請辭。」

「可能要送去精神治療了。」

「先生捨不得吧，要是送去，老先生就真的自己一個人了。」

「但是這樣根本沒辦法過日子啊，據我所知，那幾家高級私人的療養院也都不收，只能送醫院了啊。」

「為什麼不收？」

「瘋啊，那裡住的也都是有錢人，誰要每天看她在那裡瘋？」

「還好我家不有錢，至少溫暖。」

「執行長真可憐，自己生孩子下來，還要被他們怪罪。」

我沒有再聽下去，轉身離開，我只是在想，吳媽是什麼時候開始精神有問題的？我失去兒子的時候感到生不如死，然而就算吳敬達對我而言不怎麼樣，卻也是吳媽的心肝寶貝，她，也很痛吧？還有吳爸……對吳敬達也是滿懷希望。

希望破碎了，他們也碎了吧？

我走到一半，驚覺自己再次「同理」，我差點發瘋。

我不太能適應這樣的自己，這不是我，他們的事，不關我的事，這世界上自己的苦痛只有自己能夠承擔，我傷心過頭了，哪還有力氣？

我加快腳步，然後在轉角撞上謝紀江。

他趕緊穩住我，但我很直覺地推開他，我覺得都是他的錯，我臉很臭，他很好奇地問我，「妳怎麼了？」

要不是他在那邊講什麼「一些可能」，講什麼「堅持到什麼時候？」我會變得這麼奇怪嗎？我的防線居然是被一個莫名其妙、只見過幾次面的男人攻破，我覺得自己非常可恥。活了半輩子，我堅守的信念跟原則都是錯的嗎？

這對我的打擊有點大。

「沒事。」我退了一步，「我是老闆。」

「我知道，我今天過來巡三樓的洗手間管線，還有會議室的一些電路……」

「不用跟我報告。」

「我想說妳是老闆。」

我看他一眼，不想再溝通地直接離去，回到我的辦公室，接到徵信社打來的電話，「林小姐他們沒有要回祖屋住，我查到她訂了飯店，有點奇怪，她好像想賣掉祖厝。」

「那林家祠堂呢？應該不會賣吧？」一旦賣掉，林大哥跟孩子們要去哪裡？

「不清楚，但林家祖厝跟祠堂是相連的，只賣一邊很奇怪吧？更何況留下祠堂，正常人也不會買一間後面還有別人家祠堂的房子。」

「沒關係，你再幫我追蹤一下，看她是不是真的要賣，然後幫我問一下價格。」

「妳要買？」

「如果我有錢的話。」我是說真的，要是現在資金夠的話，我幫美蘭阿姨買下整個林家，那她就可以光明正大地回去了。

我掛掉電話，又想到那句「一些可能」。

我感到非常心浮氣躁，我先打給會計師，問問有沒有機會買下林家，再問律師，如果我要買林家，有沒有更好的路徑可以走。

在等待他們回覆的過程，我在辦公室裡待不住，決定到外頭咖啡廳坐坐，調整心情，沒想到要去開車的時候，又碰上要離開的謝紀江，他對我揮手，「要出去嗎？」

很想回他關你屁事，但這樣就等於顯露了我的情緒，我只是點點頭，上車，搶先他一步，將車子倒車，迅速地開了出去。

等我回神的時候，我不知道自己開到哪裡，只好在附近找了間星巴克，停好車，準備進店裡的時候，我聽到吵架的聲音，原本以為是錯覺，但仔細一聽，又有些熟悉，很像是從旁邊的巷子裡傳出來的，我本來打算當沒聽到。

但我聽到了一個女人的尖叫聲。

我還是走了過去，就看到男人拿起巷子裡的廢棄花盆要砸向女人，我大聲喊，「砸下去，我就是證人，你逃不掉，四處都是監視器。」男人這才放下花盆，感覺他也是一時動怒，不是真的要傷人。

我走向前才發現，我又遇到了黃楚雯與她外遇的老公。

她看到是我，臉色更加難看，她老公似乎也認出我，「喔，阿姨的女兒，好久不見，剛才的事就當沒看到吧！」

她老公把手上的灰塵拍掉後，轉身離開，黃楚雯也撥撥頭髮，想裝沒事，但其實心裡覺得很丟臉，恨不得去撞牆，被最討厭的人三番兩次看到自己的窘境，正常人都受不了，更何況是自尊心這麼強的她。

黃楚雯推開我要離開，我忍不住叫住她，「會動手的男人就不要了吧！」

她停步，過了很久才轉過頭來，紅著眼眶瞪著我，「妳有什麼資格講這句話？妳什麼身分?」

「路人可以嗎?看到妳兩次被人打的路人，妳看起來也沒有很愛妳老公，妳什麼時候變得忍氣吞聲，受委屈也無所謂?我記得妳以前欺負我的時候，可沒有手軟過，現在隨便被糟蹋，妳可以?」

「妳懂什麼?」

「不就是不懂才問妳的嗎?」

「妳是關心還是嘲笑?」

「以前妳連看我一眼都不屑，妳覺得自己是尊貴的黃家小公主，大家都疼妳，妳有能力呼風喚雨，現在卻是被打都不敢說?打人的變成被打，妳覺得我是關心還是嘲笑?」

她眼淚掉了下來，憤憤不平地控訴我，「我會變成這樣都是妳害的!」

「說點像樣的話好嗎?」我都沒拿那句話指控過她了，她倒是拿來罵我了。

「從妳出現以後，爸就一直跟我媽說，要讓妳認祖歸宗，妳們什麼東西?小三不要臉臭女人，還想進我家?我媽說要是爸敢接妳們回來，她就要帶著我跟我哥去死，我怕死啊，我怕痛啊，我好恨妳們，妳居然還敢跟我上同所高中，大家都在私下說我八卦，妳憑什麼跟我享有相同待遇?憑什麼比我聰明、功課比我還好?看到妳對柯志城好像有點意思，我還犧牲我的初戀，可惜沒弄死妳跟妳媽！」

她愈說愈激動，那個高傲的大小姐，怎麼瘋了？

「幸好後來妳未婚懷孕，還離家出走，我多想妳就乾脆死在外面算了，結果妳沒死，還自己開了間私人的高級療養院，可是我卻嫁給劈腿的老公，最後離婚，再找了一個以為會聽我話的男人，但一樣花天酒地，爸說我不如妳！他每天都說我丟他的臉！什麼小公主？因為妳，我根本什麼都不是！江雪曼，妳為什麼不能離我遠一點，為什麼要一直出現在我面前？」

黃楚雯激動地說完後，突然昏倒在我面前，我頓時動彈不得，她說的這些話，我從來不知道，原來她也這麼的……痛著？

我趕緊呼吸回神，手忙腳亂地叫了救護車，接著用我記得的步驟替她急救，在救護車趕來，將她放到救生架上的時候，我清楚地看到黃楚雯流下的淚水……

原來我們很像，只是來不及當彼此的光。

餘悸

有許多孩子都在等一個希望，
那時候我想，為何我的孩子就沒希望了呢？
他也想要奇蹟啊！

有些人，感覺就是你一輩子的敵人。

結果，我在救護車上，跟救護人員坐在同一列的位置上，忍不住擔心地問道，「她應該沒事吧？」

救護人員對我說，「生命徵象很穩定，先不要擔心，但還是要等醫生檢查過，比較安心。」

我居然關心她的死活。

自從她在高中打我一巴掌之後，我都希望她早上醒來毀容、家裡破產，可能是老天要應付許多人下的咒太忙，我被排得太後面，現在才真的看到黃楚雯吃到苦，丟人現眼。

但，我真的沒有開心。

我們都是活在彼此陰影底下的另一道陰影，說穿了，如果我不是現在的我，那也可能是現在的她，一切從我媽當小三的時候，就造成了。

要怪我媽。

而她卻是全世界最不會檢討自己的人，人生有很多無解的習題，我媽就是最難的那一道題目。

到醫院後，黃楚雯被推進急診室，我在外面等她，護理師大喊家屬的時候，我還搞不清楚狀況，是剛才救護車的大哥提醒我，我才連忙過去，她要我給黃楚雯的證件。

我從她包包裡翻出皮夾，找了老半天才趕緊去補辦手續。我也在她的包包裡翻出一堆沒吃的藥，是身心科開給她的，一些抑鬱症的藥。

該死，為何我要看到？

我開始想著她發病時，有人在她旁邊嗎？有人知道她生病嗎？那個很有錢的家，卻一點愛也沒有，會關心她嗎？我該通知她的哪個家人？她老公會理她嗎？她媽、她大哥會接我電話，會理我嗎？會不會覺得我在蹭他們家？覺得我有什麼企圖？

我在腦子裡沙盤推演幾千種可能的時候，我又聽到，「黃楚雯的家屬！」

我下意識衝過去，醫生對我說，「她可能是懷孕累了一點，剛才跟婦產科會診過，目前胎兒七週，沒有問題，但回家要多休息，她有點營養不良。」

我整個人愣住。

她懷孕？所以算起來，她那天在酒吧跟我吵架的時候，她肚子裡已經有小孩了，我還沒管她，讓她跟她老公吵到翻天，這小孩也很堅強。

「確定嗎？」我真的很擔心聽錯。

醫生很用力點頭，帥氣離去，我還在狀況外，然後她包包裡的手機響了，我拿起一看，來電顯示「大哥」，我猶豫了很久，接了起來，「喂！」了一聲，果然是企業家兒子，馬上就發現聲音不一樣。

「妳是誰？小雯呢？」

「我是江雪曼。」

黃大哥在電話那頭愣了很久，才出聲說，「妳好，我是黃介民。」然後電話再次沉默了一陣子，他才又開口，「妳怎麼會跟小雯在一起？」

我不想管太多閒事，我只能跟他說，「可以的話，你來醫院一趟，她現在沒事，但可能需要有人帶她回去。」

「我馬上過去。」他說完後，我正準備掛電話時，他又問，「妳還會在嗎？」

「應該會，她的東西在我手上。」

「那妳等我。」他迅速掛了電話，我把黃楚雯的證件跟手機收好，突然有點緊張，沒想過我會有跟黃大哥見面的一天，我以為我跟黃家的距離很遠很遠，但人生往往出人意料，就這麼不到一個小時，全碰上了。

我是不是不應該去買咖啡？

我在急診室外的長椅等著，還沒辦法坐到病床邊，我怕黃楚雯醒來看到我，又一個激動昏過去，這就當作是我給她未出生的孩子的一點點溫柔。

不知道又坐了多久，我一直在接工作電話，我正在跟海洋聊下個行程時，突然有道清朗的聲音喊我，「雪曼嗎？」

我抬頭看去，一個身材高瘦、雙鬢有些白髮、戴著眼鏡、穿著合適剪裁西裝的男子站在我眼前，一看就是菁英，和黃先生有點像。我掛掉電話後起身，他看著我，眼神裡有很多感慨，當然語氣也是，「沒想到會是在這裡見面，妳跟阿姨長得滿像的。」

後面這句，我不覺得是稱讚。

但看在他的語氣很客氣，沒有大罵我是小三的女兒，我就該謝天謝地，畢竟我完全可以接受，這些被我媽傷害的受害者的恨意，我點點頭，保持距離地說，「你好。」然後我把黃楚雯的包包還給了黃大哥，「黃楚雯的東西。」

他接過，然後很好奇地看著我，「妳們怎麼會碰到？」

「我也很想知道……但，就是碰到了，她情緒有點激動就昏倒了，人在裡面第三床……」我差點就要講她懷孕跟吃抑鬱藥的事，不過我忍住了，事關隱私，就算我再討厭她，都不該從我的口中說出，我不想那麼缺德。

他輕嘆一聲，喃喃著，「不會是又跟他吵架了吧？」

「你是說她先生嗎？」我問，他點頭，既然點頭了，就表示他知道黃楚雯的老公不是什麼好東西，這點我就不用客氣了，我把細節補充，「我遇到她的時候，她先生要對她動手，你可能要多注意一下這件事……」

我才講到一半，眼前看到柯博裕走過去，他似乎也發現我，忍不住回頭看我，然後驚訝地喊我，「曼曼？」

他過來跟我打招呼，就這樣碰到了黃大哥，還很好奇地問著我們關係，「這位是妳朋友嗎？」

好難形容現在這種奇妙的氛圍，但我也只能勉強替兩人介紹，「黃楚雯的大哥，黃楚雯的高中同學柯博裕，之前叫柯志城。」

他們兩人對看一眼，很快就搞清楚狀況，黃大哥打量著柯博裕，柯博裕的表情則明顯流露出後悔，後悔跟我打招呼。

下一秒，黃楚雯從急診病房裡走出來，頓時我們四人相對。

再下一秒，我看到黃楚雯跟柯博裕相視的眼神，彷彿這空間只有他們兩人，我忍不住悄悄退場，把這個地方留給他們，希望黃大哥也一樣識相，總而言之，有人來照顧黃楚雯了，那就跟我沒關係了。

我準備離開醫院的時候，突然想起了，不會再收到的卡片。

我打給社工，問他能不能在醫院見個面，我們約在便利商店，他很快就出現了，他知道我想問什麼，但很為難地對我說，「不好意思，我真的不知道……」

「我只想知道他好不好。」

「這我們也不清楚，我們就是負責轉交的人，受贈者跟捐贈者的資料都是不能說的……」

「他應該國中了吧？那時候聽說是四歲。」

「我不知道。」

「在北部嗎？還是南部？」

「江小姐，我真的不知道，妳再問我一千遍我也不知道。」

我半開玩笑地說，「那我問一千遍看看好了。」

社工快嚇瘋，「江小姐，真的很抱歉。」

「不是，是我的問題，是我太執著了。」

「可以理解妳的心情，但我相信那些受到強強恩惠的孩子們，都在某個地方很努力地活著。」他真摯地說道。

我只能點頭，也用一樣的心情相信。

強強被判腦死的時候，護理師來問我，有沒有想要捐贈器官，有許多孩子都在等一個希望，那時候我想，為何我的孩子就沒希望了呢？他也想要奇蹟啊！為什麼他不可以是得到希望的那個孩子？

我的孩子就要比較可憐嗎？

是我害的嗎？

我看著護理師懇切的臉，腦海裡閃過的都是我的委屈和強強的無辜，但我還是點頭了，在我後悔之前，我簽了同意書，我知道強強捐了心臟、肝臟、雙腎和眼角膜，竭盡所能地幫了幾個小朋友。

而唯一會寄信給我的就只有他，一開始我收到的是圖畫，接下來收到的是卡片，字從注音寫到國字，為了不透露身分，卡片上頭不能有任何受贈人資訊，什麼國小、什麼名字，全都不能寫。

我也只能收，沒辦法回信。

可是，這是強強離開後，支持我活著的很大動力。

我回到家，從抽屜拿出卡片，一張張地仔細看著，內容不外乎就是「謝謝天使的家人，謝謝天使，我很努力過日子，希望天使的家人都平安。」連續八年沒有斷掉過一年。

真的，什麼都有結束的一天。

但無論如何，或許沒消息就是最好的消息，說不定他出國去念書了，他去看更大的世界了，帶著強強去了。

如果是這樣就太好了。

突然之間，我的胃又開始灼熱起來，我痛到趕緊找藥出來吃，以前覺得隨時死去好像也沒什麼遺憾，但現在發現，不，我還需要多一點時間，畢竟美蘭阿姨的事還沒處理好。

怕我直接死在家裡沒人知道，我傳訊息給Elva，讓她早上起床也打電話給我，如果我都沒接，請直接來我家，很可能是我出事了。

我打完訊息，不知道是太累，還是痛覺舒緩了想睡，我很快就像喝醉一樣地斷片了，直接在客廳的沙發上，抱著電腦躺平。

隔天，叫醒我的不是Elva，而是很急促的門鈴聲，我睡太熟了，好不容易爬起來開門，就看到正準備翻牆進來的謝紀江，我傻眼，他則是因為我突然出現，整個掉了下去，然後我感覺他很尷尬地對我說了聲早安。

「你怎麼會在這裡？」

「我收到妳的訊息。」

「什麼時候？」

「昨天晚上。」

「我沒有傳啊！」他是不是想太多了？只見謝紀江拿出他的手機，點進訊息，我看到我昨天傳給Elva的內容，我猜是我不舒服的緣故，導致不小心傳錯，我很抱歉，只好讓謝紀江先進屋，畢竟他的手肘因為剛剛跌下圍牆的關係受傷了。

我坐在沙發上幫他擦好藥。

他似乎對這種老屋很有興趣，「這有整修過嗎？」

「沒有，美蘭阿姨住的時候就是這樣了。」

「花磚很美，鐵窗也很有個性，是很好看的老宅。」

這是美蘭阿姨的娘家，她跟老公的家被火燒了之後，就回娘家這間空屋住，娘家也沒人了，只有她，夫家也只有她，美蘭阿姨有好幾棟房子，卻沒有人陪她，直到我的出現。現在這裡也成了我的家，「謝謝你的稱讚，但我沒什麼好招待你的。」

「我不用，確定妳沒事就好了，我去工作了。」

然後他起身離開，說再見前後用不到十秒。

我打起精神要去刷牙的時候，發現桌上有一份早餐，我覺得他是魔術師，明明沒有看到他帶任何東西進來，這個又是什麼時候放的？完全沒有印象。

但我整理完後，帶著那份吐司上車，邊吃邊開到公司。

一到辦公室，我被Elva的眼淚襲擊，我都忘了今天是她真正要離開的日子，雖然是回來當工讀生，但她做的仍是特助的工作，我真的、真的太習慣了，都忘了她會離開。

她動手收拾個人物品，上次我沒看到這一幕，這次看到她掉著眼淚收拾，大家安慰她、祝福她，我也似乎要說點什麼，但我始終說不出口。

這才發現，我也不是那麼的無所謂，我只是比較擅長逃避而已。

Elva過來擁抱我，「我在加拿大等妳的胃鏡報告。」

我只是回以緊緊擁抱，「晚上的飛機？」

她點頭，我拍拍她，「快回去整理休息，順風。」然後找理由讓大家離開我的辦公室，關於捨不得這件事，我比較習慣自己一個人消化。

我去看美蘭阿姨，拉拉她的手，會讓我安心一點。

接著，我就接到陳大哥的電話，給了我林小姐的飯店位置，而且她真的打算賣掉祖厝。

「連宗祠都要賣？」

大哥回答，「對，而且很急著要賣。」

掛掉電話後，我決定直接去飯店找林小姐，但她當然不會見我，對她而言，我就是美蘭阿姨，阿姨就是我，我們就是同夥的，每年都要騷擾她一次的壞人，所以我從下午等到了晚上，再等到凌晨三點。

我仍舊沒有從大廳離開。

終於，我看到林小姐下樓，她可能以為我走了，也沒多注意，就到外頭去抽菸，我也跟了上去，在她身後說，「有火嗎？」

她狠狠嚇了一跳，看到是我，非常憤怒。

「妳煩不煩？」

林小姐其實還很美，都快六十歲了，還是一身藝術浪漫氣息、美式風格，除了嘴巴壞了一點，我其實挺欣賞她的自在，但這次在她身上卻沒有看到。

「美蘭阿姨身體愈來愈差了。」我說。

「跟我有關係？」

「妳要賣祖厝？為什麼？」

她笑笑看我，「這又跟妳有什麼關係？」

「如果妳畫祖譜，怎麼牽也不會連到我身上，但美蘭阿姨的事，我就是會管到底，妳不爽我也沒辦法。」

「那她要死了也不關我的事，殺人凶手，死了剛好。」

「如果妳賣掉祖厝，那祖先牌位呢？妳要帶回去美國？」

她不以為然地說，「我為什麼要告訴妳？別肖想她能進我們林家宗祠！她就是林家最大的罪人，她這輩子最好死得不甘願，就像我爸媽沒兒子給他們送終一樣。」

她推開我後上樓。再次落敗，一樣的戲碼，但我不會怪她，我沒辦法勸她放下，我沒資格，我也不願意，我不想聽的話，也不會對別人說。

我只想解決問題，情緒是她自己的，她自己解決。

我回家，一無所獲，我不知道該怎麼辦，已經陷入了幾年的僵局，難道真的沒有解決的機會嗎？

難道讓美蘭阿姨抱著遺憾離開，或許他們到天上也能團圓，但就是，好像這輩子有什麼未完成的事卡著。

我再次失眠，隔天到公司接到徵信社電話，陳大哥說，「她在找仲介了，剛好我有認識的，她確定要賣。」

「價格開多少？」

陳大哥開口說了一個天價，我差點站不穩，幸好有人扶住我，我轉頭看去，是扛著樓梯的謝紀江，我怎麼以前都沒發現水電師傅很常來？由謝紀江接手後，我至少一星期要看他一次。

他把我拉到旁邊，原來他要處理走廊的燈，他嫌我擋路。

我忍不住再問徵信社，「有聽說她想賣房的原因嗎？」

「沒有，只說她很急。」

我掛掉電話，事情仍在原地踏步，這個價格，公司現有的現金加資產抵押可能還不夠，重點是，這樣的價格，到底是有誰要買？林家位在市郊，交通並不方便。

我陷入思索，然後又被拉開，謝紀江對我說，「要發呆回去妳的辦公室，這邊我在工作，很危險。」

我看了他一眼，只能說他說的沒錯，然後我回到辦公室，開始打電話聯絡會計師跟律師，詢問他們最後結果怎樣，果然是我想的那樣，錢不夠，律師也說媳婦在法律角度來看就是外人，更何況先生過世了，他們的婚姻關係已經結束，其實沒辦法干涉林家的所有行為。

我陷入苦思，而謝紀江不知何時出現在我面前，他很認真地問我，「要不要幫忙？」顯然我剛剛的電話內容，他都聽見了。

我無奈反問，「你能幫什麼？」

「打聽消息。」

「怎麼打聽？」

「我就假裝是買家去跟林家接觸，看看有沒有辦法套出什麼，再做下一步的打算，因為妳也沒辦法出面，看到是妳，人家也不會賣妳吧？」他的分析讓我沒辦法反駁。

「但你可以？」

他點點頭，「應該可以，妳先請人幫我跟她約時間。」

於是，我拜託徵信社陳大哥，請他們介紹仲介給我認識，然後由仲介來約謝紀江跟林小姐一起碰面談買屋，一切都非常順利，就約在今天晚上，但我卻非常擔心，「你確定不會露餡？」

「妳以為我沒做過壞事？」

看他好像很有信心的樣子，連帶我也莫名地覺得好像可行，「我得先回家換套衣服，讓人家看起來覺得我有能力買房子。」

我回神，連忙說，「我跟你一起去吧！」

我趕緊將手頭的工作結束，跟謝紀江要去停車場時，碰上藍一銘跟海洋，藍一銘很緊張地過來問我，「姊，阿江怎麼了嗎？」

「什麼怎麼了？」

「我看妳臉很臭，妳不是要帶他去訓話？」

我跟謝紀江對看一眼，他在忍笑，我懶得理藍一銘，對海洋說，「我今天不會進公司了，先去處理事情。」說完，我直接拉謝紀江離開。

原來他住的地方就在酒吧的正後方，一間小小的公寓，色彩卻很繽紛，感覺就是他女兒布置的。我坐在客廳等他，看著牆上的父女合照，看到謝紀江的笑容，真心覺得老天好殘忍。

愈美好愈要剝奪。

謝紀江打斷我的感傷，他穿得很正式，也把頭髮整理了一下，果然人要衣裝，他現在像極了很有能力的一個大人。

「挺好看的。」

「待會妳在車上等就好，妳先跟我講講妳想問的問題，我找機會問，另外，妳是真的打算要買嗎？就算買了，也是林家的空殼，林小姐不可能把自己祖先留下，只是不知道會怎麼處理就是了。」

「你可以像聊天一樣套話看看。」我說。

他點點頭，看了一下時間後說，「差不多該出門了。」他走在前頭，我跟在他身後，然後在鞋櫃旁看到一張掉到櫃子後頭的紙，我幫忙撿起一看，居然是律師證書？

我嚇了一跳，「你是律師？」

他回頭看我，看到手上的證書，也有些驚訝，「妳在哪裡看到的？」

我指著櫃子後，「那裡。」

「我想說怎麼不見了，原來掉在那邊……」他抽走我手上的證書，一樣丟到鞋櫃裡，好像那張證書一點都不值錢似地說了句，「謝啦，走吧！」

他開著車，我實在還是忍不住問，「你真的是律師？」

「很奇怪嗎？」

「為什麼當水電師傅，還開酒吧？」到底有多少分身？

他語氣輕淡地說，「律師是我退伍後才考的，念書的時候，我半工半讀當水電學徒，帶我的老師傅把他所有的技藝都傳給我，我很喜歡做水電，我不能辜負這份能力，酒吧是為了維生，愛達生病的時候，我沒辦法接水電案子，白天要照顧她，晚上得要有份工作，而且愛達喜歡聽我彈吉他唱歌……」

說的都是生活的困難，我明白這種煎熬，瑣碎，卻很要命。

他看我一眼，「做水電不好嗎？」

「做什麼都好，只是正常人都會覺得當律師比較厲害，我也只是平凡人。」

「當妳愈懂法律，妳就會愈看不起法律，那不適合我，我只是為了保護一個很重要的人，我必須懂，我必須為他辯護……所以，我很謝謝那天妳把我拉回來，我差點就忘了，自己還有事沒做完。」

我點點頭，不知道怎麼接續話題。

幸好他知道，他突然問我，「妳跟我講一些林家的事，我發現我當兵時候有個同梯的人，好像也住在那附近，說不定多少有消息。」

於是，我把美蘭阿姨對我說的，有關林家所有的事，告訴謝紀江，然後他打電話給他同梯，「青欽，我阿江，你家附近是不是有間林家大宅，還滿漂亮的？對，就是那裡……你也有聽說他們要賣？喔，你媽跟林老太太他們很熟嗎？沒啦，我有個朋友滿喜歡那間房子的，有點意思，但買房子嘛，你也知道，乾乾淨淨很重要，能不能幫我打聽一下，有沒有什麼八卦，值不值得買……好，感謝，等你消息，下次來我酒吧喝酒，我請。」

我聽著他的聲音，聽著他的幫忙，心裡莫名有種踏實感。

原來之前一個人打仗這麼孤單。

很快就來到林小姐的飯店外頭，停好車後，謝紀江從副駕的置物箱拿出一個麵包給我，「妳吃東西，等我消息。」

我還沒反應過來，他就下車了，我看到仲介過去跟他寒暄後，兩人一起走進飯店，約好了在飯店一樓的咖啡廳見面，我等在外頭，有些緊張地邊揑口麵包咬邊等待著，好像過了一世紀那麼長。

終於，謝紀江上車了。

「情況怎樣？」

「她說只要我喜歡，價格好談。」

「那宗祠的部分？」

「我故意跟她說，我很迷信，宗祠是一個家族的代表，擔心會打擾到先人，她說她會請禮儀公司處理，絕對不會造成我的困擾，應該就是合爐成一個牌位，然後找個塔放，她根本沒時間處理祭祖的事。」

聽完我整個人都慌了，那就表示美蘭阿姨不可能跟林叔以及孩子葬在一起了，我還在焦慮的時候，又聽到一件更震撼的事。

「我有問林小姐，由她出來賣房子會不會有什麼糾紛，畢竟感覺林家好像家族滿大的，她說林家已經落敗，她的叔叔伯伯也都沒有子嗣，這代就剩她，有說到她大哥生了兩個小孩，但都意外過世，因為小孩那時候都還小，所以沒有放在林家宗祠，而是找個地方樹葬了。」

我好錯愕，美蘭阿姨肯定也不知道這件事，之前陪她帶東西去林家作忌的時候，都是滿滿的三人份。

他們家散掉了。

憑什麼小孩不能有塔位不能有牌位？我不能理解！就因為活得不夠久，就不能有一個位置？這樣合理嗎？不要說什麼有牌位會讓小孩不能投胎，荒謬！那大人就有？

我實在是不能接受，也非常生氣，身為媽媽的美蘭阿姨竟然完全不知道這件事。

當我受不了想衝下去跟林小姐理論的時候，謝紀江的手機響了，他拉住我，接起電話，「青欸，怎樣？這麼快有消息喔？」我瞬間屏氣凝神，然後謝紀江露出驚訝的表情，「欠錢？」

我也緊張起來，等到謝紀江掛掉電話，他用一種很複雜的表情看我，「青欸的阿姨跟林小姐的阿姨熟，聽說之前林小姐有打電話跟她借過幾次錢，好像是她老公在美國的生意失敗，欠了不少，不得已，只能賣掉祖厝。」

沒想到事情是這樣發展，謝紀江又對我說，「不是要幫林小姐說話，我感覺她是不太想賣的，可能真的不得已吧，妳懂……」

我懂個屁。

連我一顆心都七上八下的了，訊息量突然有點太大，我頓時不知道該從哪裡著手處理，「後來你怎麼跟她說？」

「我說我跟我太太討論一下，最晚明天晚上給她答案。」

我們兩個對看一眼，我好奇問，「有辦法打聽到她欠多少錢嗎？」

「試試看？」

於是謝紀江再打給他的同梯，我們只能暫時等消息，我也拜託徵信社幫我查看看林小姐老公在外頭到底欠多少？

我是不是可以拿還債來跟林小姐交換條件？

但前提是美蘭阿姨願意嗎？而我要怎麼開口，她的兩個寶貝，沒有跟爸爸在一起，而是在另一個地方，重點是我也不知道在哪裡。

我覺得很難過。

回謝紀江家的路上，我一句話都沒有說，我無法想像，如果我不知道強強被放到哪裡，我會有多痛苦。一下車，我去開我的車，我覺得我要是沒有得到一個答案，我真的無法面對美蘭阿姨。

謝紀江拍打我的車門，「不要去，先看狀況再說，妳這麼衝動，不會有好結果的。」他很堅定地看著我，「我會再想辦法幫妳問，妳不要出面。」

我被他的眼神說服，點點頭，「我會回家。」

「開車小心。」

我這才冷靜下來，但我沒回家，我去陪了美蘭阿姨一整晚。

隔天早上，我就接到徵信社的電話，「目前查到她老公生意投資了兩千萬都賠光，連合夥人都逃了，外頭一些欠款加起來還有三千萬，這是查得到的部分喔，沒查到的不知道。」

「謝謝。」

要是把美蘭阿姨名下的幾棟房子賣掉，或許有機會，只是不知道怎麼跟美蘭阿姨說。

我還在苦惱的時候，護理師來幫美蘭阿姨換尿袋、量血壓，我看美蘭阿姨動也沒動的，我更是害怕，即便她已經立了遺囑，把所有權利都交給我，但我實在很不擅長替別人做決定。

「阿姨這兩天都沒醒嗎？」

「沒有耶，不過數值都還滿穩定的。」

護理師講完後，美蘭阿姨突然緩緩地睜開眼，我好激動，我上前拉著美蘭阿姨的手，我擔心又只是反射動作，連忙喊她，「阿姨，我是雪曼。」

我以為她又要睡過去，沒想到她對我笑，用著很虛弱的氣音說，「雪曼……」

好久好久沒有聽到她的聲音，我全身都在發抖，我緊握阿姨的手，「妳小姑回臺灣了。」

美蘭阿姨的眼神頓時有神起來，「妳還是很想跟叔叔和弟弟妹妹一起是嗎？」我終究還是問了。

她眼眶紅了，緩緩流下眼淚，她不用給我任何回答，我都知道她的答案，我摸摸她的臉，「我會努力，這次很有機會，不管怎樣，一定把叔叔跟弟弟妹妹帶回妳身邊好嗎？」

她的眼淚浸溼了枕頭，我給她一個鼓勵的微笑，感覺到她也緊握我的手，我跟她說了很多話，說了最近發生的事，Elva去追逐夢想了，最近新來的水電師傅很棒，她很認真聽，偶爾眼皮動了動，像是在給我回應，最後睡著了。

我替阿姨拉好被子，轉身離開病房的時候，謝紀江在外頭等我，我有些意外，「你怎麼這麼早？」我看見他眼球裡的血絲，知道他不是早起，「你不會整晚都沒睡吧？」

他根本沒理會我的問題，劈頭拿起手機對我說，「我查到當年火災的新聞了！」

「不就是電線走火結案了嗎？」

他把照片放大再放大，那是叔叔跟弟弟妹妹的靈堂照片，記者拍的，我還記得那時候，記者去問林家對於大火一次奪走三條人命的看法，林小姐還很生氣地叫記者滾。

我看了很久，還是看不出個所以然來，他指著照片最邊邊說，「看到隔壁靈堂的花環了嗎？是黎姊禮儀公司送的，當年黎姊負責的案子剛好在隔壁，她或許會有印象當初林家告別式是誰辦的，是不是有機會知道，阿姨的兒子女兒最後送去了哪裡？」

我震驚不已地看著謝紀江，因為我從來沒有想到這一點。

我拉著他就往停車場衝，這次遇到了藍一銘、海洋跟凌菲，他們三人傻眼地看著奔跑的我跟謝紀江，這次我連交代海洋的時間都沒有。

上了謝紀江的車，我打給黎姊，她人就在殯儀館裡頭處理工作，謝紀江猛踩油門，我繼續問著黎姊，但已經過太多年，黎姊說會請櫃檯幫忙調資料看看，有幾個做了很久的員工或許也可以幫忙回想。

我們衝到了殯儀館找黎姊，黎姊一看到我就拉著我說，「我幫妳問完管理處了，如果沒錯，那場應該是遠行禮儀社辦的，他們今天剛好也有場子，我帶妳過去找他們。」

於是我們橫跨了半個殯儀館，先向先人致意，無意打擾，然後黎姊拉了另外一個大哥到旁邊，用著臺語問，「阿慶，你還記得你們幾年前有辦過一場，大人跟囡仔作伙的告別式，火災的？」

「最好恁爸會記得，當我電腦？」那個大哥看向我跟謝紀江，問道，「是按怎啦？」

我只能用很簡短的方式帶過，大哥默默紅了眼眶，「所以那個太太病得很嚴重嗎？」我點頭，他沒好氣地說，「古早人比較迷信的就是這樣啦，現在比較開放了……」

黎姊沒好氣地唸，「講重點啦，你們之前囡仔都埋在哪裡？」

「也是要看人客啊，又不是我們可以決定，等我，我問看看。」於是大哥替我們再打了一通電話，就是要這樣問過一次又一次，一分鐘又過一分鐘，大哥也在電話這頭等待，不知道過了多久，大哥出聲了，「在那裡啊！我知道了，確定耶，很遠……好啦好啦，有確定就好。」

大哥掛掉電話，「聽說原本是要樹葬，但好像他妹妹不同意，還是有火化，兩個囡仔都放在菜堂……還是有人拜啦！」

我重重地吐了一口氣，胃又開始痛了，謝紀江把我扶到旁邊坐好，跟大哥交換聯絡方式後，拿到了那間菜堂的地址，我起身不停地向黎姊跟大哥道謝，他們好溫暖。

我拒絕謝紀江的攙扶，快步往停車的地方走，他一上車就問我，「妳有帶藥嗎？」

「不重要，先去菜堂。」

他看我一眼，然後開到藥局直接買了止痛藥丟給我，「先別死在我車上。」我瞪他一眼，直接吞了兩顆藥，他加速往前，開了快四十分鐘，終於來到這間私人的寺院。

我的胃好多了，可以正常走路。

詢問了一位師姊，她好奇地打量我們一下，還是帶我們到供奉的地方，「就在裡面，記得先跟地藏王菩薩點香請示。」

我們走進一間小屋子，看到滿滿的牌位，並按照師姊說的規矩點香。我還在想怎麼說比較好的時候，謝紀江就開口了，「地藏王菩薩，我是謝紀江，她是江雪曼，我們是來找你帶著修行的林品妍跟林品光，謝謝你這幾年的照顧。」

聽起來怪怪的，但卻很誠懇，他接過我的香，一同插進香爐。

然後我們兩個一轉頭就看到了，兩個並排的牌位上寫著「林品妍」「林品光」，這幾個字就活生生地在我們眼前，像是早就在等我看到一樣地等待著我，我的心安定了下來。

謝紀江突然說，「雖然我不迷信，但有時候真的很讓人起雞皮疙瘩。」

我看著他，說了一句，「謝謝。」

他看著我，笑了笑，「我也謝謝。」

我們一同向品妍跟品光祭拜，「雖然姊姊遲到了，但沒有不到，請你們要保佑媽媽，無病無痛，沒有遺憾，姊姊會讓你們不管在哪裡都能團圓的。」

祭拜完後，我拿出皮包，抽出所有的現金，但不多，我問謝紀江，「你有多少現金？」

「身上沒有，但車上有。」

於是我們回到他的車上，他打開後車廂，裡頭有一個行李袋，連拉鍊都沒拉上。他打開袋口，裡頭有很多錢，一千、五百、一百的都有，我以為我在看什麼黑幫片，「你是殺手嗎？」

「跑案子回來的錢就放進去，之前愛達住院的時候，都要固定結清費用，這樣比較方便，不用領來領去。」

「借我。」他點點頭，然後我們開始清點他行李袋裡的現金，總共有十五萬三千八百元，再加上我身上的一萬五，我全捐給了這間小寺廟。師姊好奇地問我，「妳是林小姐的家屬嗎？」

「不是，她有來嗎？」

「她之前每年都會來，也都會捐錢，今年想說怎麼還沒看到人，結果是你們。」我給了師姊一個微笑，但其實這個微笑也是送給林小姐的。

或許，我不該把她當敵人的，某種程度，我們都是一樣的人，就跟黃楚雯一樣……

當我這樣想的時候，我接到了黃大哥的電話。

「找一天回家吃飯。」

我傻眼到不行，這提議簡直是世紀恐怖事件，最好我吞得下去……

謝紀江看我表情不對，關心地問我，「怎麼了？」

「沒事，載我到銀行，我先把錢領還給你。」

「不急。」

「我不喜歡欠人。」

「但我滿喜歡被欠，這樣感覺自己好像多了一點什麼……」

「什麼？」

「餘裕感。」他笑笑看著我回答。

坐上車後，我開始搜尋餘裕兩個字，釋意：充裕而有餘。

這人是在跟我炫耀自己有能力在情緒跟生活上游刃有餘了嗎？

該死，怎麼有點羨慕。

餘韻

血緣重要嗎？

不，有愛才重要。

我跟謝紀江再次來到林小姐下榻的飯店。

「我需要躲一下嗎？」

我搖頭，「誠實是解決事情最好的辦法。」

他揚起笑意，「講得好像妳都很誠實一樣。」我抬頭看去，他馬上裝忙地滑起手機，接著櫃檯人員對我說，「抱歉，她說她沒有要見妳……」

櫃檯人員的語氣充滿歉意，其實我對他比較抱歉，上次是他陪我在這裡等到半夜，同一個人值班，他應該會覺得我為什麼這麼煩，但我沒有辦法，我沒有退路。

「那你方便再撥一次電話嗎？」

他愣了一下，「恐怕不方便，林小姐已經交代，有關江小姐……」櫃檯人員還沒有說完，謝紀江就跳出來說，「這次你跟她說，謝先生找她。」

櫃檯人員打量我們兩個，我很佩服謝紀江的反應，最後櫃檯人員在他的眼神攻擊下，真的打給了林小姐，然後林小姐很小心地要跟謝紀江通話，確定是不是他本人，謝紀江接過後說了一句「是」，電話就掛斷了。

謝紀江跟我說，「她馬上下來。」

我們到大廳座位區等候，謝紀江面對著電梯，對我說，「不要緊張。」他怎麼知道我在緊張？

接著他站起身，對著我身後揮揮手，我不敢回頭，很怕林小姐一看到我就往回跑，所以當她走到位置的時候，還跟謝紀江說，「這你太太……」但她沒說完就發現是我。

林小姐震怒，「你們聯合起來騙我？」

她氣得轉身就走，我上前拉住她，「我是騙妳，沒有任何藉口，妳要怎麼罵我都沒關係，但我已經找到品妍和品光了。」

林小姐頓時什麼氣都不見了，換來的是驚訝與憤怒，「妳甚至調查我？」

「對。」我就是做了，我也非得這麼做不可，「我還知道妳老公生意失敗，你們欠了很多錢。」林小姐直接抬手就要給我一巴掌，被謝紀江擋住，林小姐氣得推謝紀江，「我還以為你真的要買，你們真的很過分！江美蘭叫你們做的？她用我哥的保險金吃香喝辣，現在看我失敗，是不是很高興？」

「妳明知道美蘭阿姨不是那種人。」

「她拐走我哥！」

「她跟林叔是真心相愛的。」

「那我哥死了，她怎麼沒去死？相愛相隨啊，不是嗎？」

「妳怎麼知道她沒有？」我說過，我是走著美蘭阿姨的老路過來的，我做過的事她也做過，就是死不了啊。

林小姐深吸口氣，「要不是她，我哥不會死，我爸媽也不會。」

「妳為什麼不看看林叔有多快樂？」我反問她，她愣了一下，「對，林叔是妳哥，是林家的兒子，但除了這些身分以外，他還是林繼堂，有他想要的人生跟愛情，就因為妳爸媽反對，他們只好自己出來生活，再苦也沒有回去向林家要過一毛錢，兩人帶著孩子把事業做起來，想證明給你們看，但回家之後不也是你們趕出去的嗎？」

「妳現在是罵我自私？」

「這不是罵，只是陳述，我也自私，每個人都自私，為了爭取自己想要的，誰沒有自私過？如果今天林叔不幸福也就算了，但他很快樂啊，他很努力在經營他的家庭，他選了自己愛的人，他們只是貪心，想要你們的祝福，不代表你們的反對很重要。」

林小姐冷冷地看著我，「妳根本不懂親人死去的痛苦。」

「我親手送走我八歲的兒子。」我淡淡地說，林小姐錯愕，或許是沒有想到我把死亡說得這麼淡然，「妳一次失去三個親人，美蘭阿姨也是，誰的人生沒有經歷親人的生命結束，只是活著的人呢？包括妳，既然被留下來了，也就只能好好活下去，美蘭阿姨也是這樣，可是你們連讓她祭拜自己丈夫的機會都沒有，甚至也沒告訴她孩子在哪裡，妳知道有些人是靠著思念、靠著回憶才能夠活到現在的嗎？美蘭阿姨真的活不了多久了，她想要的只是可以跟林叔、孩子合葬，真正可以決定的人不是妳也不是我，是林叔和兩個孩子。」

林小姐不以為然，「妳不要跟我說要擲筊什麼的，我不信那套。」

「妳願意到我家一趟嗎？或許看完一些東西之後，妳會有不一樣的想法，請妳給我一次機會，要是妳看完仍然堅持美蘭阿姨不配擁有跟林叔在一起的資格，那我從今以後放棄，不會再打擾妳。」

林小姐看著我，想了很久以後才終於開口，「我上去換衣服。」

看著她上樓的背影，我頓時差點虛脫。

謝紀江對我說，「妳做得很好。」

「閉嘴。」

「為什麼不一開始就好好說？」

我這次無法叫他閉嘴，因為我無法回答他的問題，的確，為什麼之前碰到的那幾次，我們都不能好好說話，見面就是爭執，她叫我們滾，把我們擋在門口，是什麼讓我們軟化？

非得要到緊要關頭，我們必須對命運謙卑的時候，才知道要彎腰嗎？

那是不是表示，我們最後還是輸給了老天？

憑什麼？

我沒辦法自問自答，林小姐已經下樓了，我跟謝紀江帶她回我家，用林叔帶孩子們去做的陶杯陶盤為她泡杯茶、切了盤水果，她靜靜看著我，「要讓我看什麼？」

我打開電視，這台電視都是美蘭阿姨在看，沒有裝第四台，也沒有什麼盒子可以看網路電視，只有接一台藍光ＤＶＤ機，裡頭是一張我幫美蘭阿姨整理好的影片光碟，我按了播放。

美蘭阿姨一家人的影片出現，各種時期的都有，每個人的生日、林叔帶全家一起去動物園、林叔偷拍美蘭阿姨帶著兩個孩子包餛飩、品妍跟品光的畢業典禮、四人一起去玩了五天的半環島……

足足有三個小時多的影片，聽起來很長，但這是他們一家人的一輩子。

最後是美蘭阿姨在火災前一個星期拍攝的，林叔生日，他許了一個願望，「希望我們全家人永遠在一起。」

畫面停在美蘭阿姨拿著錄影機跟著大家一起拍攝的歡樂時光。

一星期後，她失去了所有。

我跟謝紀江陪著林小姐把所有影片看過一次，即便我已經陪美蘭阿姨看過好多次了，我還是每次心都很酸，林小姐已經淚流滿面，然後對我說，「可以送我回去了吧？我看完了。」

她說得很平靜，但我也認命，畢竟我已經無計可施了。

謝紀江對我說，「我送林小姐回去就好了，妳休息。」

我目送謝紀江帶著林小姐離開，不知道是不是已經盡力了，我突然全身疲憊，不知道接下來還能做些什麼，直接躺在沙發上就睡著了。

隔天，我發現自己好像發燒了，全身都沒有力氣。

我被謝紀江打來的電話吵醒，我接起後，他劈頭就問，「妳還好嗎？」

「昨天林小姐還有跟你說什麼嗎？」

「沒有，但是我有跟她道歉。」

「是不是沒機會了？」

「說不定沒有機會也是一種機會。」

到底在講什麼？我無奈地回他，「接完你的電話，我更累了。」我掛掉電話，打算再睡一下的時候，海洋也打來電話，她還沒開口我就先說，「我下午會進去。」

然後我聽到海洋哽咽的聲音，「美蘭阿姨走了。」

瞬間，我天旋地轉，我不能接受，她完全沒有半句話要對我說嗎？她就這樣直接離開了，後面的事情怎麼辦呢？美蘭阿姨怎麼可以丟給我？

我抓了車鑰匙就要去開車，沒想到謝紀江已經在門口等我，他拿走我的鑰匙，「我送妳過去，一銘有打給我了。」

我全身都在發抖，像極了強強離開我的時候，不是過去那麼多年了嗎？我為什麼還在害怕？我應該能駕輕就熟地面對離別才對，為什麼我還是如此的不安跟驚恐？我是這麼沒用的人嗎？

怎麼還會怕？

到了寓所，我沒等謝紀江停好車，開了車門就衝進去，所有的人都在七樓，他們都在等我，美蘭阿姨也是。

我走進去，邱醫師拍拍我說，「護理師說凌晨還有咳了兩下，有替美蘭阿姨抽痰，早上要量血壓的時候也都還有心跳……剛離開沒多久，說不定還在，妳有什麼想講的就講……」

邱醫師跟護理師退了出去，剩下我跟美蘭阿姨。

可是我要講什麼呢？想來想去也只能說對不起，我終究沒能為她完成心願，說完對不起，我替美蘭阿姨拉上白布，我沒有哭，失敗的人，沒有資格哭。

我走出病房，所有人都很意外，他們以為我會在裡面待很久，但我不到一分鐘就出來，「美蘭阿姨的後事，我會親自處理，死亡證明那邊先照程序走。」邱醫師點點頭去處理。

我準備回辦公室，凌菲拉住我，「妳還好嗎？」

我沒辦法回答，掙開凌菲的手，邊打起電話邊走回辦公室，「黎姊，我需要幫忙……」我只給黎姊三個重點，簡單、簡單再簡單，因為美蘭阿姨不愛鋪張，即便她有很多錢，她還是住在跟林叔打拚買來的第一間房子。

頂多，就我們這些認識她的人，去陪她到最後。

「那火化之後，要晉哪個塔？」黎姊問了我一個最難回答的問題，我也只能說，「還不知道。」

然後，掛掉電話，鎖上辦公室的門，好好地冷靜一下。

可是其他人無法冷靜，在我把自己關起來的第三天，他們拿鑰匙衝進我的辦公室，大家輪流指責我，要我不能意志消沉，要我打起精神，要我勇敢面對，他們是好意，但我做不到。

謝紀江放了食物到我面前，「多少吃一點。」然後把其他人帶走，在關上門前對我說，

「我覺得美蘭阿姨會需要妳的陪伴，她下午入殮。」

我這才猛然回神，連忙打給黎姊，確定了靈堂的位置後，我迅速趕到，剛才罵我的那些人，都在靈堂為美蘭阿姨唸經、摺蓮花，大家看到我來，為我讓出了一個位置。

我深吸口氣坐下，對大家說了一聲對不起。

海洋跟凌菲都哭了，猛搖著頭，「我們只是擔心妳。」

「我沒事。」說完，我也摺起蓮花，還沒結束呢，美蘭阿姨是死了，但一切都還沒有結束，我抬頭看著美蘭阿姨的照片，這是她自己挑的，所有入住的寓友，都可以為自己的後事打算，無論什麼宗教、什麼信仰，都可以選擇。

黎姊來問我，「告別式訂在四天後，會不會太趕？」

「這是阿姨的決定，她不要大家花太多時間在這上面。」

「那真的挑最小的廳辦嗎？」

「這是阿姨的決定。」黎姊看我堅持，也只能照辦，「那塔位？也要看時間……決定好了嗎？」

所有人看著我，尤其謝紀江，我深吸口氣，「去菜堂吧，那裡有她的孩子。」雖然沒有她最愛的老公，但至少可以跟孩子一起……

總是很難圓滿的吧？人生總是會缺個角。

謝紀江卻開口說，「菜堂沒有位置了。」我整個人愣住，謝紀江又補充，「我前天去找師姊問了，她說現在已經沒有位置可以放牌位了，更沒辦法再放骨灰罈……」

美蘭阿姨還要多可憐？我有資格移動她的孩子嗎？林小姐肯定不會願意。

該怎麼辦？我好久沒有這麼無助……

看著大家望向我的眼神，我只能對黎姊說，「那跟強強一起吧，找時間，我再跟妳一起去挑塔位。」

黎姊點頭後離去，而我的心情更差了。

所有人都是。

很快就到告別式那天，告別影片播放的是美蘭阿姨最愛的全家錄影，搭配她喜歡的文心蘭，小小的會場卻顯得素雅溫暖，我成為家屬代表，向所有來公祭的人答禮。

突然我看到林小姐走進會場，我很意外，海洋不知道她是誰，拿出公祭登記單給她，海洋看著林小姐寫上自己的名字，然後好奇地問她，「請問林小姐是哪個單位？」

林小姐看向我，回答海洋，「往生者的小姑。」

頓時，我備受震撼，不敢置信地看著林小姐，所有聽到的人也都露出不可思議的神情，林小姐走向香案台，禮儀人員為她遞上香，她對著美蘭阿姨鞠躬祭拜，這一瞬間，我懷疑這宇宙，不是我的宇宙，我在做夢。

禮儀人員大聲誦道，「家屬答禮。」

我回神朝著林小姐鞠躬致意。

林小姐沒有離開，而是坐到了位置上，陪著美蘭阿姨走完最後一程，而她旁邊坐著謝紀江，我知道他在我洩氣放棄的時候，可能努力地去做對了什麼，我用唇語對他說，謝謝。

到了火化場，看著阿姨的棺木推進去後，黎姊要大家先休息，要送到塔的人，等等再回來集合，海洋、凌菲則幫忙招呼來祭拜的朋友，包括海洋的媽媽，Avery跟桃花奶奶本來也是寓友，跟美蘭阿姨也曾相處過，但後來發生了很多事，跟我一樣沒有得到過母愛的海洋，在這裡工作最大的收穫，就是擁有了兩個非常疼愛她的媽媽。

血緣重要嗎？不，有愛才重要。

林小姐走向我，對我說，「林家房子謝先生替我找到賣家了，林家祖先的所有牌位會遷到屏東老家，至於我哥的，我不會帶走。」

「妳意思是？」

「就是我剛說的意思，隨便他們一家人要不要團圓，妳自己看著辦！」林小姐很帥氣地說完，走了兩步又再折回來，「要是我爸媽不爽跟我託夢，我只能把我哥再要回來。」

我笑了，對著林小姐的背影大吼，「謝謝妳！謝謝！」

所有人都被我嚇到，但我不在乎，我在人群裡找到謝紀江，他正微笑地看著我，我不知道該說什麼，可是我真的好激動，好想衝過去抱住他尖叫……

但我沒有，那不是我的風格，可是我相信，他懂我有多開心。

於是我找來黎姊，把阿姨一家四口的八字、離世日期寫給她，請她安排一個最好的時間，讓他們相聚，黎姊或許是從謝紀江口中得知美蘭阿姨的願望，「我馬上處理，急件，我知道。」

兩天後，美蘭阿姨一家人都成了強強跟愛達的鄰居。

我跟謝紀江站在他們一家人的牌位前，我很感慨地說，「不覺得這裡還比較熱鬧嗎？」

他看我一眼，「我們終究會來的，不用急。」

「是嗎？但我覺得我好像可以來住了，我沒有什麼罣礙了。」

他沒理我，轉身邊走邊說，「不可能，一定還有什麼妳想做的事，只是妳還沒發現。」

我想起那個曾經拉我一把的掃地阿姨，如果能親口向她道謝一次，我人生就真的沒有任何遺憾了，謝紀江回頭，看著發呆的我，「反正妳再找找，還沒找到就先好好活，我說的不是苟且偷生得過且過，而是好好吃飯、好好體驗一下人生，妳也不吃虧。」

我好奇跟上去，「你怎麼都不勸我去照胃鏡？」

「有用嗎？妳又不會聽。」

我點點頭，很滿意他的自知之明，我在進電梯之前，回頭看向美蘭阿姨的全家福，在心裡說道，「要幸福喔！」

車上，我對謝紀江說，「去找一下林小姐。」

「幹嘛？不會又要吵架吧？」

我沒理他，他還是把我送到了飯店，替我打了電話請林小姐下來，然後，我把做好的企畫書給林小姐看，「我知道賣掉林家，只夠你們還債，但是我看了一下妳先生做的ＡＩ產品，對醫療產業很有幫助，我很有興趣，原本的合夥人跑了，妳介意由我來補嗎？這是我提的合作方案，妳可以跟先生討論一下。」

林小姐傻眼地看著我，「妳不要因為江美蘭的事，想要報答我……」

「這是上千萬的投資，我沒必要這樣報答，一事歸一事，純粹是站在生意的角度出發，我沒那麼閒，妳考慮看看再跟我聯絡。」

我把企畫案留下，起身走人。

回到車上，謝紀江嘴角掩不住的笑意，笑得我煩躁，「有什麼好笑的？」

「我只是開心，看到善的循環。」

「有病。」

「真的，妳做得很好，江雪曼，妳可以得到兩個愛的鼓勵。」他還真的要拍手，我冷冷提醒他，「你在開車。」他才把手放回方向盤。

其實，他沒笑錯，我也覺得心情很好，只是我懶得笑。

快到寓所的時候，一道身影衝了出來，謝紀江要是再晚兩秒踩煞車，我們就會撞死人了，長長的剎車聲直接劃破天際。

謝紀江一手護在我身上，我們兩個都驚魂未定。

他很擔心地看著我問，「妳有撞到嗎？安全帶有勒到哪裡嗎？」我搖頭，只擔心衝出來的人，突然，有隻手猛拍我的車窗，我嚇了一跳，轉頭看去，居然是吳媽，旁邊是極力拉住她的吳爸。

吳爸滿臉是傷。

我其實可以要謝紀江直接開走，但我卻偏偏要下車，我的腦子最近有點跟不上身體的速度，就是一種下意識，謝紀江卻鎖住車門，「妳現在下去有點危險。」

我抬頭看去，看著吳媽在打吳爸，而吳爸連還手都沒有，我還是對謝紀江說，「開門。」

他知道我的堅持，於是我下了車。

吳媽一看到我就朝我衝過來，我被她拉扯，謝紀江要過來阻止，我忍著痛要他打電話回寓所請求支援，吳媽病得比上次我看到的還更厲害許多，我保護自己的頭部，也要吳爸別再說話刺激吳媽，最後她因為過於激動，腳步不穩，跌坐在地，痛哭失聲。

「阿達，我好想你，我的兒子……把我的兒子還給我……」吳媽激動地坐在地上，像個耍賴的孩子，哭喊著。

接著我看到她坐的位置上流出液體，吳爸丟臉得低下頭，要去扶她，「快起來，妳尿褲子了。」

但吳媽只是哭，不願起來。

最後吳爸崩潰地推開吳媽，「妳還要我怎樣？妳到底要我怎樣？還是我們一起去死算了！我也不要活了，只有妳痛苦，難道我不痛苦嗎？」吳爸哭了出來，謝紀江過去安撫他。

吳爸蹲在路邊哭著，吳媽則是停止了哭聲，看向吳爸，一臉好奇，像是已經不認得自己的丈夫一樣。

這時，我們寓所的車子來了，兩個護理人員下來替吳媽整理，讓她坐上輪椅上車，我走向吳爸，「先回我們寓所吧，你的傷口也要擦藥，不介意的話，就坐我們這台車吧！」

我想，他很需要透一口氣。

在謝紀江的勸說下，吳爸坐上了他的車，一路上，吳爸都看著窗外，眼神迷離，我想到十幾年前看到他的第一眼，意氣風發的土財主，什麼貴的都往身上戴，就想要人家知道他家有錢。

他家也的確很有錢，幾輩子都花不完，可是，卻沒有人願意照顧他的太太，我們總覺得錢可以解決很多事，但事實上，錢也有解決不了的事，那就是情感，吳爸吳媽講話是很難聽，可我很清楚，那是一層保護色。

就像我的武裝跟保持距離，全是為了不讓自己受傷。

其實只要吳爸將吳媽強制就醫，放著不管，他一樣可以過著舒爽的日子，躺在錢堆上面逍遙，可是他沒有，他一直陪在吳媽的旁邊，但或許是，需要吳媽的人是他，他放不下他人生的最後一個伴。

能理解，該死的能理解，但我為什麼要理解！

理解過後，我會覺得自己的冷漠跟堅持好殘忍，但明明我也是受傷的人，我深吸口氣，試著轉換這種自責的心情……

到了寓所後，暫時把吳媽移到病房裡，讓她好好休息，護理人員也幫吳爸上了藥，吳爸輕聲向護理師道謝，辦公室裡只剩下我跟他，謝紀江去廚房替他拿一些食物。

我們對看，氣氛很尷尬。

過了很久，他起身說，「等我太太醒來，我們就會走。」

「她需要有人二十四小時看著，而且一定要接受治療。」

「妳以為我不知道嗎？但她就是瘋，她就是崩潰，妳要我怎樣？請來的看護做不到一天就走，已經換到我找不到人了，算了，我來照顧，要是怎樣就算了。」吳爸說完打算離開，謝紀江剛好端了食物進來，招呼吳爸多少吃一點，吳爸不肯，執意要走。

我忍不住開口，「她可以住在這裡，我們的護理人員可以照顧她，但因為我們只收女性入住，那你呢？你願意放手嗎？」

吳爸頓時東西都吃不下了，猶豫著。

果然，放不下的都是還清醒的人，責任逼我們要腦袋清楚。

我離開辦公室，讓吳爸好好想清楚，謝紀江也跟著我出來，他從口袋裡掏出一個三明治給我，「順便幫妳拿的，過兩天會下雨，我去巡一下頂樓。」

我接過他給的三明治，想著他幫我拿三明治時的心情，那種願意替別人多想一點的力量，到底是從哪裡來的？

我吃了起來，透過落地窗遠遠地看著吳爸落寞的身影，他正在掙扎是要孤單還是痛苦吧？

為什麼人就只有這兩種選項？

這時，海洋遞了杯牛奶到我眼前，「只吃麵包不乾嗎？」

「謝謝。」

海洋看著我，「如果是我，肯定不會管他們的。」

我笑了笑，「妳會。」

物以類聚，某種程度，我們都是口是心非的人。

海洋也笑著點點頭，「對，很煩。」

我們看著彼此，都笑了笑，海洋突然對我說，「我兩個媽媽現在滿閒的，我覺得可以給她們找點事做。」

「什麼意思？」

「如果吳先生不介意的話，他可以跟他太太住宿舍，跟我媽她們也有個伴，旁邊就是寓所，有問題就近處理，只是不知道他願不願意。」

我很訝異，「妳確定？他太太精神狀況不太好，就算他願意，也可能會造成妳們的負擔。」

「這是我媽她們提的。」海洋說著，我更錯愕了，海洋繼續說，「大家都希望圓圓滿滿的吧……可恨之人也是有可憐之處，妳租金給吳伯伯收高一點就好啦，他不是很有錢？」

我還是遲疑，海洋拉著我的手說，「拆了就真的散了。」

突然謝紀江跑過來，「吳太太出事了。」我顧不得手上的三明治跟牛奶，隨手一放，跟著謝紀江跑過去，一到病房，像爆炸過一樣，吳媽不知道怎麼回事，血壓計的帶子居然纏在她脖子上，我看到她雙頰漲紅。

「怎麼會這樣？」我問。

護理師連忙解釋，「我剛要來幫她量血壓，她說要去找兒子，然後搶過血壓計就把帶子繞到她脖子上，只要靠近一步，她就拉得更緊。」

吳爸也趕來了，急得要上前，吳媽像是不認識他一樣，把帶子拉緊，我趕緊將吳爸拉回來，試著好好地跟吳媽講話，「再拉帶子就斷掉了，妳想要什麼？我拿給妳……」

她喃喃地說，「我的孫子，還有兒子跟媳婦……」吳媽突然抬頭看我，笑著說，「媳婦來了！」我試著微笑，不讓她緊張，緩緩靠近她，她又伸手把我推開，著急地說，「快！快救孫子，他車禍了！」

吳媽哭了出來，我柔聲勸她，「我們一起去好不好？去救強強！」吳媽聽到強強的名字，不停點頭，我繼續說，「但妳戴著這個不方便，我先幫妳拿下來……」她恍神地點頭，我試著把帶子解開，不到一秒，吳媽抓起掉在旁邊的剪刀就往我的手上刺。

所有人尖叫，謝紀江衝過來拉開我，然後搶過吳媽手上的剪刀，護理人員過去強壓住她，瞬間又一陣混亂，我的手很痛，但我看到吳爸在哭的時候，突然覺得我的痛似乎也不算什麼。

吳媽最後被暫時安置在床上，沒辦法動，一直哭喊著要孫子，我的傷口包紮好了，吳爸向我道歉，我問他，「為什麼會突然變得這麼嚴重，也不過一個月。」

吳爸這時才說，「其實原本有件強強的衣服……就之前我們去學校偷看他的時候，我太太拿走的，想要有個紀念，她一直很寶貝那件衣服，她說那就是強強……但前陣子，新來的管家以為是不要的衣服，就直接回收找不到了，她就像抓狂一樣，怎樣都抓不住……」

「強強的衣服？」我很意外，本來該覺得不舒服的我，看到吳媽這樣之後，我也無法責怪，吳媽還在哭著要孫子，所有人都拿她沒辦法。

理。

我想了想，走到謝紀江面前說，「幫我一個忙。」他理所當然地點頭，接著去幫我處

我要藍一銘帶吳爸去吃點東西，已經晚上了，鬧了一整天，所有人都累了，我獨自留在病房陪吳媽，她看著我不停掉淚，我坐在陪病椅上，對著她說起強強剛出生時的事。

吳媽慢慢地冷靜了下來，聽得津津有味。

這些事，我媽都沒興趣，她甚至沒有抱過一次強強，但她一點也不覺得遺憾或難過，強強離開的時候，她還鬆了口氣對我說，「這樣也好。」

我就知道，我人生的大魔王，就是我媽。

很快地，藍一銘帶著吃完東西的吳爸回來，看到吳媽安靜的樣子，他一臉不可思議，接著謝紀江也趕來了，我把請他幫忙拿來的東西放到吳媽手上，「這就是我剛剛跟妳說，強強最愛的超人模型……」

吳媽怯怯抱過，聞了一下，激動哭出，「強強！是強強……」

「對，最後的強強了，送給妳。」吳媽猛點頭緊緊抱著。所有人都用「妳確定嗎？」的表情看著我，但我已經決定。

「妳不用順著她也可以。」吳爸說。

我搖搖頭，「我沒有勉強，我是真的想這麼做，吳伯伯，剛才跟你說住宿舍的提議，你可以參考看看，或是讓吳媽媽留在這裡一陣子，我會請護理師固定留時間帶吳媽媽出來放風，讓你也看看她，只是你要委屈一下。」

吳爸突然哭了出來，很軟弱很像小孩那樣地，哭倒在藍一銘的肩膀上，最後，他請我給他兩天時間想想，我答應了，「不用急。」

最後藍一銘跟謝紀江陪著吳爸回去，大家歷經一場戰爭，在凌菲的爭取下，決定一小時後在謝紀江的酒吧放鬆一下，原本只打算出錢的我，被他們架到現場，點了滿桌子菜，很放肆地喝起來。

凌菲不停向我敬酒，自己都快喝醉了，我勸她，「不要喝了。」

「我尊敬妳，雪曼姊，寓所就該放一個妳的銅像，妳太堅強了，我真的覺得我日子過得太幸福了，才會自尋煩惱，我好失敗，還在為小情小愛哭到跟狗一樣，結果妳已經、已經……」凌菲不知道講了「已經」兩個字幾次，我跟海洋一直在等她講出最後一句，沒想到凌菲衝去洗手間吐了。

海洋笑了笑接口，「我猜凌菲是要說，妳已經活了好幾個人生了。」

我喝了口酒，不否認也不想承認。

接著，藍一銘跟謝紀江都回來了，我忍不住問，「吳伯伯還好嗎？」

藍一銘像餓死鬼投胎般狂吃，我把食物盡量放到他面前，謝紀江則是不停地灌酒解渴後說，「陪他聊了一下，他在沙發上睡著了，有管家在。」

我點點頭，安心了一些，藍一銘把食物吞進嘴裡之後說，「我覺得吳伯伯還行，挺得過來，妳該擔心的是妳自己好嗎？姊！一個人處理這麼多事，我都看累了，妳到底什麼時候要去照胃鏡？」

藍一銘把炸彈丟過來之後，又繼續吃東西，凌菲剛好回來，聽到話尾，又拉著我說，「我陪妳去好不好？妳可不可以活下來？妳是我的榜樣耶，我可以單身一輩子，但妳要好好活著啊，妳要讓我看到女人的另一種可能啊！妳真的什麼都不管嗎？我們才剛辦完美蘭阿姨的後事，妳忍心讓我們再辦妳的？」

海洋摀住凌菲的嘴，但我都聽到了。

「我會考慮。」我說。

然後他們所有人都跳了起來，除了謝紀江以外，他們聽到我只說了考慮兩個字，歡欣鼓舞，推著謝紀江去台上唱歌，藍一銘要求他，「唱點快樂的歌，姊說要考慮耶，她居然說可以考慮！那就有機會，太值得慶祝。」

凌菲跟海洋也都附和，謝紀江突然站起身，一臉慷慨赴義的表情，準備往台上去。凌菲在他身後說，「唱阿妹的〈三天三夜〉嗨一下！」藍一銘也爭著說，「不要！我要聽臺語歌！」海洋把藍一銘拉回位置上坐好，「你好吵。」

說真的，跟他們在一起，讓我很放鬆，我可以停止思考，只需要看著他們吵鬧。

而謝紀江本來往台上去，後來突然轉身大喊我的名字，「江雪曼！」

瞬間全場安靜下來，所有人看向我，謝紀江對著我說，「如果我等等在台上表演，妳笑出來，妳有開心的話，那妳就去照胃鏡，敢不敢？」我才剛要回答，謝紀江就把我的答案說出來，「我知道妳要說，很無聊，但活著不就是把無聊變有聊？敢不敢啦！」

我很討厭變成全場目光，但更不喜歡被嗆，我點頭。

他咧嘴大笑，對我比了個讚，還沒唱歌，大家就嗨了起來，我不知道這個晚上為什麼大家要這麼開心，但看到大家開心的感覺，說真的，滿舒服的。

接著，他站到台上，對店員比了個手勢，瞬間音樂安靜了。

燈暗了，只剩下一盞燈打在他身上，他很耀眼，我似乎都能聽到在場所有人的呼吸聲。

下一秒，音樂聲流洩而出，我看到謝紀江在台上扭動身體。

好樣的，他居然在跳BLACKPINK的舞，我大傻眼，但全場為他瘋狂，他簡直把自己當成Jennie在跳，那個舞姿、那個性感，是因為愛達喜歡，所以他才去學的吧？

到底是怎樣的父愛，讓一個大男人變成韓國女團？

我沒有笑，沒有人知道他是用怎樣的心情在學這個舞、在跳這個舞，他做了最後的ending pose，看向我。

我對他說，「我會去！」

他在台上笑得好燦爛，連美蘭阿姨過世都可以很平靜的我，在此時此刻，我竟感到鼻酸。

他跳舞的模樣，一直在我腦海裡揮之不去。

餘生

活著，有很多時候挫折得讓人想死，
當自己以為撐不下去的時候，就會遇上無條件給你溫暖的人。
然後靠著這一點點留下的餘溫，慢慢地活下來。

我不知道只是做個胃鏡，為何要如此勞師動眾。

我看著在旁邊等待的海洋、凌菲、藍一銘、謝紀江、海洋的兩個媽媽、邱醫師，還有幾個老職員，甚至凌菲還在跟Elva視訊，「看到了嗎？她已經躺在病床上了！是不是不敢相信？」

我也是不敢相信，請問這裡是動物園嗎？

「好了。」我再強調一次，「好了就好了。」

凌菲這才甘願結束通話，雖然我最後還是很沒志氣地跟Elva說了再見，然後柯博裕進來，就問我，「昨晚都有拉乾淨吧？剛才護理師有讓妳比對一下排泄物的顏色嗎？這次會一起做大腸鏡。」

在這麼多人面前討論這件事，我真的無法回答。

我看柯博裕一眼，他似乎也意識到我瞪他的點，他連忙對護理師說，「走吧。」

我終於被推離眾人視線，來到檢查室，柯博裕趁著護理師暫時離開的時候對我說，「我很開心妳來。」

「本來就是你要負責。」

他「嗄」了一聲。

「想想我的胃有毛病，你也有責任，胃病不是一天造成的，可能是高中的時候被你背叛被你設計被你欺負，我從那時候累積起來的壓力，造成現在長了東西，我不找你處理找誰？不要自作多情，我是為了讓你有責任感才來的。」

他還是笑，「我會幫妳治好，我可能是個爛人，但我是個好醫生。」

「我只是先照，沒一定要治療。」

「妳覺得外面的人會放過妳嗎？」

「你覺得我害怕嗎？」

他馬上安靜，知道我根本不在意，他恐嚇錯人了，只好轉移話題，「那個……上次遇到小雯……」

「我不想聊她。」

「妳還在氣她？還沒放下？」

「什麼時候要開始照胃鏡？」

「她過得很辛苦。」

我知道再次相遇，可能很多情感會重新翻騰，當初的回憶、感覺都會以一種疊加狀態衝上來，再加上久別重逢，會被賦予各種緣分巧合又或者以天注定為理由，放肆了自己的情感。

我看著柯博裕，冷冷提醒，「她還有老公。」

他頓了一下，「我知道。」

「不是說你沒辦法再面對感情？不是說你還有陰影？遇到黃楚雯就沒有了？所以她是你的解藥？還是你上次說對我的那些歉疚感是假的？你只是想要我原諒你，故意裝可憐？」

他很生氣地說，「沒有情緒是假的！」

我看著他正經八百、非常嚴肅的樣子，忍不住對他說，「該走出來了。」就像我現在走進這間檢查室，那種歷經情緒的糾結，那種推翻自己過去的想法跟原則，那種你以為自己應該是那種人，最後發現或許不是。

那種對抗自己的感覺，我很明白。

他錯愕地看著我，我給他一個微笑，「要是檢查出來，我快死了，我就原諒你了，我的初戀。」

然後我看到柯博裕紅了眼眶，接著護理師進來說，「都準備好了，江小姐，接下來要先幫妳麻醉，妳等等就會睡過去……」

護理師幫我戴上一條呼吸器，我只吸了幾口，就沒了意識。

醒來時，只剩謝紀江在我身邊，他問我要不要喝水，我搖搖頭，麻醉後的暈眩感還沒完全退掉，他繼續說，「休息一下，等等可以吃東西了。」然後他笑著對我比了個大拇指，接著按到我的手上，「妳很棒，賞妳的。」

「你很幼稚。」我說。

接著，柯博裕就進來告訴我，做胃鏡的時候有幫我切片，我的胃裡有三顆大小不一的腫瘤，比起上次照超音波，又長大了不少，切片報告要等兩天，會盡快告訴我，我感覺得出來，他感到不太樂觀。

「沒事的，現在醫療很進步。」謝紀江不知道是在安慰柯博裕還是安慰我。

我不想看到柯博裕苦瓜臉，「是不是頭不暈就可以走了？」我問，他點頭，然後我說，「讓我換一下衣服，結果出來你再告訴我，我要回去了。」

我說完就準備換掉檢查服，他們兩個嚇得小跑出去。

我們離開醫院，柯博裕還在目送我們，謝紀江不時轉身朝他揮手，是什麼十八相送嗎？上車之後，他對我說，「其實柯醫師人不錯。」

「所以？」

「所以妳想吃什麼？還不能吃太油膩太難消化的……」我才剛要回答，他又馬上補了一句，「沒有不想吃這件事，我們去吃清粥小菜。」
沒有打算讓我回答，他就走他的路。
我好奇地問，「大家都去哪裡了？」
「各就各位啊，看到妳進檢查室，大家安心就先去忙了。」
頓時我以為自己是什麼國會議員，被這麼多人監督，然後我拿出手機，想看看有沒有什麼重要的事情，沒想到才剛滑開螢幕，我就看到黃大哥來電，我掙扎了一下，還是接了起來。
他很簡潔，毫不囉嗦地說，「後天回家吃飯，爸有事要宣布。」
「我一定要在場嗎？」我問。
「重要的不是宣布事情，是我想跟妳吃頓飯。」
「我考慮看看。」我掛掉電話後，謝紀江邊開車，邊用很悠閒的語氣說，「有人跟我說過一句，反正到最後還是會找上門的，那是不是早晚都要解決。」
我真的很不爽，我之前為什麼廢話那麼多？
我瞪他一眼，他只是笑笑。到了粥店，看到他夾了一堆菜，我更是沒好氣地瞪他一眼，「清淡不代表可以吃很多。」

「有一種餓，是我怕妳餓，快吃。」他開始替我挾菜，張羅吃食。

我好奇問他，「你都不用工作嗎？」

他看著我說，「要啊，但我現在想工作的時候才工作。」

「不想工作的時候呢？」

「就發呆。我覺得這樣日子過得比較舒服，我已經不需要努力賺錢了，夠過日子就好，酒吧的生意也穩定，我把時間拿來想愛達，去我們一起去過的地方，吃點她愛吃的東西，舒服就好。」

「你跟女兒有很多回憶？」

「她活了十五年，我可以從她出生那天開始回憶，到她離開的那天，我就會再過完十五年，想想是不是日子也算過得很快？」

我最後還是忍不住問，「愛達為什麼生病？」

「先天性心臟病，醫生本來說她可能活不到五歲，後來排到接受器官捐贈，只是後來還是病發了……不過過了幾年正常的生活，也夠了，帶她去了很多地方，她想做的都陪她做了，我以為這樣就不會有遺憾，但她過世的時候，我才發現，遺憾不可能消失，因為人是貪心的，我還想要她多活幾年，我甚至想要她活到老，活出屬於她自己的人生，但就是……走了……我以為我有心理準備，可是看到她的監測儀發出『嗶——』的聲音，我就哭了，哭得很醜，妳都看到了。」

我心情好複雜。

「那天，是我人生眼淚掉最多的一天，天崩地裂的時候，被妳拉了一把。」

他看著我，眼神很溫柔，我覺得再聽下去我會難過到吃不了，「好了，吃飯。」我低著頭，很努力地吃東西，不知不覺，他夾的菜我們兩個全吃光了。

再回到車上，他對我說，「昨天我跟一銘有去看吳伯伯，他精神好多了，自己在下圍棋，他說等吳媽媽好一點會接她回家，他說他很謝謝妳，也很對不起妳。」

說真的，這些都已經不重要了。

他能重新找回生活的步調比較重要。

換我對謝紀江說，「謝謝。」

他笑了笑，「謝謝妳自己吧，還有妳的溫暖。」

「我有？」

「妳有，只是妳以為妳沒有。」

我沒說話，然後謝紀江問我，「可以先陪我去一個地方嗎？」

「可以。」

於是半小時後，我們來到了一間唱片行，老闆看到謝紀江就把一箱東西抱出來，裡頭全是女團的唱片，老闆對謝紀江說，「這邊是你訂的，總共六十張。」

我傻眼地看向謝紀江，他直接刷卡付錢，抱起那箱沉甸甸的唱片，「方便給我一個位置嗎？」

老闆樂開懷地說，「當然可以。」

所以我們得到角落一張小桌子，謝紀江開始拆專輯，然後掃裡頭附贈小卡上的QR code，填專輯序號，我很好奇，「這是？」

「抽簽名會。」

「你要參加？」

「她們要來臺灣辦演唱會跟簽名會，我想幫愛達拿到簽名，她一直很想要。」謝紀江埋頭苦幹。

聽他說完，我也拉了椅子坐下，幫他拆專輯，陪他一起登錄簽名會資格，他微笑地看著我，「如果抽到，妳要陪我去嗎？」

「不要，我都幾歲了。」

「幾歲又不是重點，重點是，妳會感動。」

「感動什麼？」

「喜歡一件事的執著跟熱情是有感染力的，我以前覺得追星很沒意義，是愛達告訴我，大人什麼事都要追求意義，但喜歡這兩個字本身就很有意義，後來我覺得她說的是對的。」

「她是個很聰明的孩子。」

「跟妳一樣溫暖的孩子。」

我真的很好奇，謝紀江說的真是我嗎？我一點也沒這樣覺得過，我媽每次罵我無情、罵我自私，我都以為自己就是她說的那樣。

拆到一半，我又收到黃大哥的訊息，「我會請司機過去接妳。」

我想了想，回了一句，「我自己去。」

接著繼續拆專輯，但謝紀江不時看著我笑，看得我有點火氣大，「笑什麼？」他看著我說，「可能是覺得一切都在往好的方向走。」

「什麼意思？」

他聳聳肩，繼續努力地拆專輯、登錄資料，然後他只帶走一套女團成員的所有小卡，跟一張唱片，其他留給唱片行老闆。

我很好奇，「你怎麼不帶走？」

「留給喜歡她們但沒有閒錢買專輯的孩子，老闆會處理，我們去看我們的孩子。」

半小時後，他在樓上看愛達，帶著專輯，我在樓下陪著強強跟美蘭阿姨他們，依稀還可以聽到謝紀江在跟愛達分享剛剛拆專輯抽卡的事。

關於留下來就好好活著這件事，他做得比我這個學姊還要好。

我也試著跟強強說吳爸吳媽的事，第一句開口有些艱難，但後面就好了，我說了我把他的超人模型給奶奶了，奶奶很想念他，如果他有空的話，可以去陪奶奶聊聊天。

我不知道我站了多久，回頭時，謝紀江已經站在我身後，沒病真的都要被他嚇出病，他笑笑看我，「說完了嗎？我們回家。」

於是他直接送我回家，沒有再去寓所工作。

下車時，附近的老鄰居芳姨帶著孫子經過，朝我點頭打招呼，然後笑著說，「對啦，要交男朋友啦！」

「他不是。」我試著解釋，但芳姨不相信，「妳來這裡跟美蘭住那麼久，都沒有看過妳帶男人回家，這個不錯啦，可以啦，妳年紀也不小了，要為將來打算，這樣她也才走得安心。」

芳姨沒有惡意，她就是標準的那種無論是誰都要關心一下的個性。

「謝謝芳姨，但他真的不是我男朋友。」

我剛說完，謝紀江就說，「比男朋友等級再高一點啦，我們是伴。」

我愣住，好奇地看著謝紀江，他只是笑笑，然後芳姨回頭說，「伴更好啦，伴不會分手。」

什麼意思？

謝紀江推我進屋子裡休息，「我去開店了，妳去睡一下。」

我也懶得跟他再多說什麼，回到家後，發現冰箱被填滿，整個屋子都被打掃過，不用想也知道是謝紀江，自從請他來家裡幫我拿超人模型後，我都忘了把鑰匙拿回來。

看著冰箱滿滿，我心裡也莫名滿滿。

我拿出手機，看著大家傳給我的關心訊息，滿滿的一長串，包含回美國的林小姐，也問我檢查結果如何，將來的合夥人得要健康；吳爸也說他有個朋友胃裡也有長東西，但切片後是良性的，現在都七十五歲了，還在環遊世界，他相信一定是良性的。

突然覺得，是不是繼續活著也可以？

於是我開始有點擔心了。

但擔心沒有用，我還是得工作，還是得面對要回黃家吃飯這件事。

上次看到黃先生跟我媽已經是八年前，這八年，黃先生沒有打過一通電話給我，倒是我媽仍緊追不捨，抱怨、哭訴，她從不在意把她所有的情緒垃圾倒給我，雖然我早已不被她的言語影響，但這八年來的生疏感更多了。

再加上完全沒有碰過面的黃太太，我真不知道這頓飯要吃什麼。

但我還是去了，終究是要面對的。

我下了車，被傭人帶到餐桌前，很長的長桌，老去的黃先生就坐在最大的主位，離我很遠，這不是吃飯，我彷彿在參加什麼會談，黃大哥起身替我介紹，「雪曼，這是我媽，妳可以叫她大媽。」

我看了一下大媽，只是點頭，然後她也看了我一眼，很冷淡，但至少沒有恨意，我都四十一歲了，那也代表黃大媽忍受了我跟我媽的存在四十幾年，直到現在，肯讓我媽搬進黃家的別院，應該也是看淡看破了。

傭人協助我入座，我媽看到我就唸，「一家人吃飯，妳也不打扮，這裡不是公司。」

「也不是我家。」我說。

頓時氣氛有些凝重，但我就是見不得我媽開心，當她知道我要回家吃飯，她就覺得黃家人總算接受我了，她可以在黃家走路有風、她被承認了，不停地打電話對我囂張，教導我黃家的規矩。

我總是得提醒她一下。

接著，黃楚雯來了，很熟稔地拉椅子坐下，坐在我旁邊，看了我一眼，「妳什麼時候來的？」

「五分鐘前。」

黃先生不悅開口，「都在等妳。」

我媽出來緩頰，「吃飯吧！」

大家開始吃飯，席間安安靜靜沒人講話，吃到一半，黃楚雯突然宣布，「我要離婚了。」

我跟黃大哥很平靜，像是沒有意外，但要是黃大哥知道黃楚雯懷孕的話，可能不會這麼冷靜。

大媽眼淚都要掉下來地問，「妳、妳到底在搞什麼？」黃先生很生氣地往桌面一拍，老去的臉頰氣到顫抖，「荒唐！妳真的太荒唐，有人這樣離兩次婚的嗎？這次老公是妳選的，妳就給我吞！」

黃楚雯一聽，眼淚掉下來，「他劈腿，還要我吞？」

「不准離！太丟臉了！」黃先生很堅持，「要敢離，我一毛錢都不給妳。」

黃大哥忍不住說話，「難道是因為怕丟臉才不離婚嗎？過得不開心，不是最好的理由嗎？爸，你不要一直用金錢來制裁我們，我們是家人不是嗎？」

「家人？要是你們有把我這個當爸的放在心上，就不會做出這麼丟人的事，還有你憑什麼幫她說話，不要以為我不知道你私下都在幹什麼勾當，你，馬上去給我結婚，我要孫子。」

「我沒有要孩子。」黃大哥說。

大媽哭得更厲害了，滿滿委屈，黃先生氣瘋地掃掉他眼前的盤子，「我會幫你找對象，你就是給我結婚，至少要生兩個，之後隨便你要幹嘛我不管！」

黃大哥冷冷地說，「我是gay，我娶哪個女人對她都不公平。」

這個所有人極力隱瞞、想當作不知道的祕密偏偏被掀出來，我看著黃先生沒有生氣只有憤怒，大媽沒有難過只有絕望，或許這又是一個看破不說破，他們早就知道的祕密吧？

黃先生絕情地說，「沒有孩子沒有遺產，就是這麼簡單。」

「你覺得所有人留在這個家、活在這個世界上就是為了你的遺產嗎？」黃大哥很平靜地回應，我突然猜得到他為什麼看到我的第一眼不是憎惡，大概是因為他也經歷了很多感情的衝突及波折。

講白一點，他懂得什麼叫做「無奈」。

全場安靜時，有個傭人帶著一個人過來，說是律師。我親眼目睹有錢人如何在陌生人面前裝冷靜的一場戲。黃先生邀請他入座，接著宣布，「我今天找大家吃飯，是想在你們面前立遺囑。」

我媽那貪婪的嘴臉表露無遺，「怎麼那麼突然，你身體還很好，立什麼遺囑？」

我看她很高興，巴不得自己能分到些什麼。

黃先生直接說，「財產部分一半會直接給我太太，另外一半讓你們三個孩子分。」三個孩子？這是我第一次這麼光明正大地被承認。

我媽傻眼，心直口快地說，「那我呢？」

黃楚雯不以為然地說，「妳怎麼會以為妳有？」

我媽眼淚都要委屈到掉下來，然後我又對黃先生補了一句，「不用算我的。」我媽簡直要翻桌，我繼續說，「我又不姓黃，我不想拿，我也不想改姓，我現在也不缺錢，所以我不要，以後不用特地找我回來吃這種飯，消化不良。」

我說完，氣氛更加安靜，我媽氣結地指責我，「妳怎麼這麼不識好歹？」

「對。」我回應她，而且我還可以更不識好歹，只是懶而已。

我不想背負我媽的期待，我知道她想過好日子，上半輩子依附在黃先生身上，下半輩子當然想靠我繼續無憂無慮。

我不想看她過得那麼爽。

我起身要走人，沒想到拉住我的人是黃楚雯，她對我說，「不拿是妳的損失。」

我突然笑了出來，「有這樣的父母才是我的損失。」

瞬間場面更尷尬了，此時我的手機響，是柯博裕打來的，黃楚雯也看到了來電，我彷彿又回到十七歲那一年，我跟他們兩個是什麼詛咒嗎？要嘛是沒消息，要嘛就是兩個一起碰上，我很討厭這個三角。

黃楚雯放開我的手，沒看我，我光明正大地接起手機，「柯醫師，什麼事？」

然後我聽著柯博裕說的話，僵在原地，原本清晰的話語突然糊成一塊，我不知道他講了什麼，應該說，他講了什麼，我一句也聽不懂，什麼胃癌幾期，什麼部分淋巴轉移，什麼要趕快住院治療……我不懂。

我愣住，還在消化訊息，這時柯博裕大吼一聲，「再不治療妳很快就會死，很快！妳到底知不知道嚴重性？」

聽他說起來是很嚴重，我似乎也覺得嚴重，可是我動彈不得。

全部的人看我動也不動，黃楚雯直接搶過我的手機，對著電話那頭說，「你是講了什麼？為什麼江雪曼很像被雷打到？」

接著下一秒，我聽到她大喊一聲，「胃癌？」

我回神了，看著所有人探過來的眼光，我搶過黃楚雯手上的我的手機，逃離黃家，逃回我家，但我站在門口卻不敢進去，想到要在這間屋子裡消化可能死亡的訊息，我覺得喘不過氣。

於是，我去了謝紀江的酒吧。

他不在，我更放心地喝酒，聽著店裡播放的音樂，想起謝紀江熱舞只為了跟我打賭去做胃鏡，沒想到，這個賭，到底是誰輸誰贏。

不知道喝了多久，我只知道胃又痛了，嘔吐感再次襲來，我衝去洗手間抱著馬桶狂吐猛吐，然後靠在廁所的牆上，我閉上眼睛，莫名地覺得眼皮沉重，接著睡去。

再次醒來，我在謝紀江的家。

已經早上了，我下床走到客廳，他正在煮粥，看到我醒來就說，「妳吐到整個廁所都是，清理費一千，晚上要記得到酒吧付清。」

我很尷尬地說，「抱歉。」

他把粥端上桌，「但妳衣服我換的，不小心看到妳曼妙的身材，就用一千塊抵吧。」我瞪他，他笑笑說，「吃粥。」

「我沒胃口。」我說。

他看著我，過了很久才開口，「沒胃口至少也吃一點，以後妳就享受不到食物的滋味了，聽說胃癌晚期會腹脹、疼痛引起嘔吐。大小腸蠕動不良，無法排便排氣，要是合併腹水產生，就會無法進食，抵抗力變差，甚至引起出血、胃穿孔等問題。」

「你什麼意思？」

「叫妳把握當下的意思，如果不治療，就享受吃進去的每一口，以後沒機會吃了。」

我像衣服被脫光了一樣地赤裸，「我說你在講什麼？」

「昨天邱醫師很著急來找妳，我們都知道了。」

「可以隨便這樣散布別人的病情隱私？」我莫名憤怒。

「是不可以，但或許對邱醫師來說，妳不是別人，而是她很珍惜的一個妹妹，是我們都很珍惜的家人，她哭了很久，她請大家要快點讓妳接受治療。」謝紀江抬頭看著我。

我什麼都不想回答，只是冷冷地說，「我的衣服在哪裡？」

他說，「還在烘。」

「那這套先借我穿回去，我會再拿來還。」我不想再待在這裡一分一秒，我拿了包包要走人的時候，謝紀江拉住我，「既然妳不想活，我覺得有件事要先讓妳知道。」

我都還沒回過神，就被他拉進一個很少女的房間，桌上有好多偶像小卡跟周邊，旁邊櫃子裡還有偶像立牌，牆上貼著愛達跟朋友國小時笑得青春洋溢的照片，我不懂他帶我進來這裡要幹嘛。

「什麼事，你可以直接說。」我說。

他沒說什麼，只是要我繼續參觀，但我心浮氣躁，根本什麼都看不下去，然而他也夠折磨人，什麼都不講，我真的受不了，開門要離去的時候，我好像真的看到了什麼，我震驚地站在一塊應援板子前。

這字跡好熟。

太熟了，那個我收了八年卡片的字跡，我這輩子不可能忘記。

我轉頭看向謝紀江，他紅著眼眶哽咽地對我說了句「謝謝」。

現在到底是怎麼回事？基本上，他是不可能知道強強的器官捐給了誰，但顯然他知道，而且很清楚，我大受震撼，「你怎麼會知道？什麼時候知道的？」

他吞下眼淚，「那天妳拜託我回妳家拿超人模型的時候，我不小心弄掉了妳的一個盒子，我撿起卡片的時候，發現那是我女兒的字。」

我倒抽口氣，「怎麼會……」

「這麼巧。」他苦笑。

我們看著彼此，有太多的話說不出口。謝紀江還是忍不住哭了，眼淚不停掉著，我上前拍拍他，我不知道我們這樣的相遇是緣分還是玩笑，但總之，這樣的感覺不算太壞，他向我道歉，「沒讓愛達好好活下去，真的很對不起強強。」即便是這樣，我也覺得強強沒白來過這個世界。

延續的是生命還是人生，還是溫暖？我想強強都做到了。

我對著謝紀江說，「你這麼說太鄉愿了，愛達肯定也很想活下去，她努力了，比誰都勇敢地努力了，你也是個很好的父親，我們都努力了對吧？」我很誠摯地看著他，「我們應該很棒了吧？」

謝紀江看著我，我看著他的淚眼婆娑，然後他突然吻上了我，我沒有抗拒，我甚至覺得或許要死了，這一刻，我跟自己的欲望融合。

我們做愛。

說來很荒謬，我們的關係很複雜，現在又更複雜了。

結束後，我換了烘好的衣服對他說，「就只是上床而已。」

他沒說什麼，「我送妳回去。」

於是什麼享受完的抱睡、甜言蜜語這些，都沒有發生在我們身上，跟他發生關係，就像刷牙吃飯，是一件很平常簡單的事，雖然坐上他的車時，我的心還在狂跳，但我必須收起這樣的情緒，我很混亂。

所以，我需要工作。

他送我回辦公室，然後我在我的辦公室裡看到黃楚雯，我現在不討厭她，但也不代表我會想看到她，「妳在這裡幹嘛？」

「妳真的不治療嗎？柯博裕說妳甚至過了很久才去照胃鏡！」

「他不怕我告他一直洩漏病患資料嗎？」

「妳不要鬧好不好？」黃楚雯很激動，「現在化療五年內都還有七十五%的存活率！」

「我不知道妳這麼希望我活著。」

黃楚雯愣了一下，「只是覺得妳還不應該死。」

我苦笑，「那什麼時候才能死？一定要活到大家說的七十歲再死才合理嗎？我想怎麼做是我的事，跟妳沒關係，而且請妳不要再來我工作的地方，我們沒那麼熟，我沒忘記妳對我做過什麼。」

「以前的事，我道歉。」

「妳道歉我就要接受？」

「那妳想怎樣，我都說對不起了，而且我也過得不好啊，這樣不能扯平？」

我覺得好好笑，果然是千金小姐，都要離第二次婚了還這麼天真，我深吸口氣對她說，「妳不用因為之前的愧疚來這裡勸我，以前的事我不在意了，妳也不用在意，過好妳自己的日子，不是要生孩子？單親媽媽很辛苦……喔，不！柯博裕應該會幫忙。」

黃楚雯尷尬了，惱羞成怒地說，「反正妳給我活下去，我需要有個假想敵，不然日子太無聊了。」

「我是什麼玩具嗎？」我說完，黃楚雯頓時半句回不上來，我再說，「可以離開了嗎？我要辦公了。」

話才剛說完，海洋又帶著我媽進來，海洋很為難地說，「阿姨要找妳。」

我能說不嗎？我媽已經一隻腳踏進我的辦公室，趕也趕不走了好嗎？但我媽看到黃楚雯也在，有些意外，「妳怎麼也在這裡？來看我女兒好戲是嗎？是不是很希望她死，她死了，妳就可以分更多錢是不是？」

黃楚雯嫌棄地看了我媽一眼，「妳真的有病！」然後懶得跟我媽再多說，命令似地對著我說，「我已經幫妳跟柯博裕約好時間，妳去就對了。」

黃楚雯說完走人，我媽馬上把辦公室的門關上，不停問我，「她來幹嘛？她來刺激妳對嗎？妳不要理她，給我好好活下去，聽見沒有！我不准妳死，妳死了我怎麼辦？妳不要那麼自私！」

我聽膩了這些話，直接坐回位置上工作。

我媽焦慮地在我辦公室裡踱步，不停說著，「妳爸真的很沒良心，我跟了他半輩子，什麼都不給我，要是妳半毛都不拿，我以後怎麼辦？我警告妳，妳給我活著！妳給我繼承，妳不要錢可以給我，我需要！妳是女兒，妳就有責任！」

鬼話連篇。

我依舊不理我媽，但我媽那種沒錢會死的病發作，衝過來就直接掃下我的電腦，發出巨響，在門外觀望的海洋隔著落地玻璃焦急地拍門，原來我媽把門都鎖了，我很平靜地看她。

緩緩地對她說，「妳這輩子都在靠別人生活，別人是應該讓妳靠的嗎？妳口口聲聲說妳是我媽，但當我需要的時候，妳在幹嘛？妳教訓我、妳罵我，妳甚至還欺負我的兒子，我沒有期望過妳什麼，就各自安好四個字，妳也做不到，那請問我為什麼要讓妳順心如意？我再說一次，我不會要黃家的錢，我的所有錢也不會留給妳，妳要是想要，就請律師打訴訟爭取妳的特留份，我不覺得我需要盡什麼女兒的撫養責任，妳要是有意見，妳就去告我，但我可能很快就死了，不知道妳打算告到什麼時候？」

我話一說完，就直接得到兩巴掌。

這就是我媽，身為她的女兒，我得到的從來只有挨打沒有愛。

我不痛，我只是笑笑說，「妳再生氣，我也不會給妳任何一毛。」我媽瘋了，拉著我一陣狂打，很不巧地，我的胃又痛了，我全身發冷沒有力氣，只能任由我媽這樣對我，這一瞬間我在想，不如她就乾脆打死我，這樣她被抓去關，還有牢飯可以吃，哪還需要擔心餓到？

在我被拉扯到受不了，快要昏過去的時候，我看到謝紀江撞開門衝了進來，拉開我媽，一把將我抱起，然後我就失去意識了。

再次醒來，已經在醫院。

很多人在旁邊陪我，可能是打了止痛針，我已經不痛了，我努力地坐起身，對著大家說，「我還沒死，你們不要一臉送終的表情。」

想當然被海洋、藍一銘跟凌菲輪流罵了一頓，謝紀江看我很累的樣子，便對著大家說，「你們先回去吧，我顧就好。」

凌菲看著謝紀江再看看我，「身為男朋友就好好勸一下她，直接住院治療好嗎？」

「他不是我男朋友。」

謝紀江點頭附和，「是伴。」

沒想到眾人拍手認同，「不打擾兩位作伴，我們先離開。」藍一銘說完就帶著大家走人，但邱醫師跟柯博裕還不走，我瞪著他們，「再不走是在等我動手打你們？一直把我的病情跟大家說，不如拉你們陪葬？」

柯博裕一臉不怕死的樣子，「曼曼，治療吧，我真的會幫妳，現在醫學很發達，妳不要放棄……」

「滾！」我說。

邱醫師只能拉著柯博裕離去，我接著朝謝紀江發火，「你可以不要亂說話嗎？」

「哪裡說錯？」

「你不要把同病相憐當作是愛。」

「但妳不能否認同病相憐是一種感情，而我，是真的對妳有感情。」

「不要用這個理由來說服我活下去，不要以為讓我有牽掛，我就要再為誰活下去，我不吃這套，我不要……」我受夠了為牽絆而活，我都不知道自己過了什麼日子。

「妳想做什麼就做什麼，我沒有要勉強妳，妳說了，生跟死都是自己負責，所以妳也不能干涉我對妳的感情，這不是很公平嗎？」他說話時始終帶著笑，然後遞了食物給我，「吃點東西，柯醫師雖然勸妳留下治療，但他也有說，妳要是想出院，等點滴打完就可以走。」

「就看妳。」謝紀江的口氣沒有一點勉強我。

於是我吃著東西，等點滴打完，他坐在旁邊陪我，也不再多說什麼，偶爾注意我需不需要水、要不要下床走走、要不要喝點水這類小事，搞得我覺得自己剛剛太激動。

突然他看著訊息對我說，「明天寓所的高空彈跳，妳還要參加嗎？」

「這麼快？」我都忘了還有這件事，不是前陣子才在討論嗎？怎麼要辦了？這段時間為什麼過得這麼快？是因為發生了很多事嗎？不就兩、三個月的時間，我彷彿過了兩、三年。

「評估妳的狀況，真的不舒服就別去了。」

偏偏我這個快死的人，多的就是傲氣，「我覺得我可以。」

「但為了避免造成別人的困擾，還是請柯醫師再幫妳看一下，請他開個證明什麼的都好，妳覺得怎樣？」

我點點頭，謝紀江就去找柯博裕了，他很開心地跑回來對我說，「可以，但妳要再待一個晚上，要是還痛，就不建議參加，我跟一銘約好，我們會過去集合地點找他們。」

於是整個晚上，謝紀江都在問我，「痛嗎？」

問了快七七四十九次，問到我疲勞轟炸。

幸好，老天還是有點照顧我的，我精神莫名很好，一早柯博裕就來替我做簡單的檢查，然後有些洩氣地說，「血壓這些都很正常，但妳知道不正常的在哪裡，妳真的……」

「閉嘴，可以辦出院了嗎？」

柯博裕只能無奈地對謝紀江點頭。辦妥出院手續，謝紀江開車送我到高空彈跳的地點，我看到寓所裡各個不同年紀的女人，大家滿臉興奮，七十二歲的阿寶姨看到我，開心地說，「雪曼，我好緊張耶，要是我跳第一次不會怕，可以再跳第二次嗎？」

「工作人員說可以就可以。」我說，然後看到阿貴奶奶已經在穿裝備了，滿臉興奮。

大家活力滿滿，我還以為自己已經夠有精神了，但跟他們比起來，我真的像個經過的路人，海洋過來問我，「確定可以嗎？不能勉強喔！」

「沒有勉強，試試看。」我說了大話，但當工作人員幫我穿裝備的時候，我全身都在發抖，這高度令人畏懼，工作人員說，「要是很害怕，也可以玩雙人的。」

謝紀江不知道什麼時候出現，對著工作人員說，「我可以跟她一起。」

我很想說我不需要，但實際上，我說不出口，因為我發現我的腳在顫抖，工作人員要我們抱在一起，由謝紀江主導，算準時間一起往下跳，瞬間，所有人看著我們拍手，為我們打氣。

可是我沒辦法反應，我腦子一片空白。

謝紀江在我耳邊說，「享受就是了，有我在。」

我看了他一眼，心裡莫名悸動，工作人員在我還沒反應過來的時候，開始喊了，「三、二……」還沒喊到一，謝紀江就緊緊抱著我往下跳，頓時我有一種，我當初怎麼會有想跳樓的衝動？

整個人失控下墜時，我緊閉著雙眼，根本叫不出來，我只聽到謝紀江很興奮的笑聲，他對我說，「江雪曼，睜開眼睛，快點看！很美，真的很美……」

在他的鼓勵下，我先睜開一隻眼，接著兩隻眼睛睜開，我看到了一望無際的山野風景，看到了藍天，也看到了美好。

「兩個人是不是比較不害怕？」他問我。

我看著眼前的景色，整個看呆了，突然，我在這個時候哭了出來，我抱著謝紀江痛哭出聲，忘記怎麼哭的我，不是被高空彈跳嚇哭，而是因為謝紀江的體貼，使我感受到的是被擁抱的溫暖、是有他在的踏實、是我看到了這世界的另一個風貌。

我突然明白，活下來就好好活的意思。

不是只有呼吸，而是真正帶著自己體驗人生的所有一切。

工作人員拉我們上來的時候，我對謝紀江說，「陪我去做治療，但要是治療失敗，你就會失去我，你敢賭嗎？」

他先是錯愕，但隨即一笑，「妳覺得我有什麼不敢的嗎？」

我笑了，他也笑了。

我們被拉上跳台時，兩個人都笑著，所有人看著我們，覺得我們大概是玩高空彈跳跳傻了吧。

沒關係，我們的約定，只要我們知道就好。

這晚，我們回到他家，他做了晚餐，我們窩在他的沙發上看韓國女團的演出節目，他很認真地對我解釋，「愛達最喜歡她了，她會唱又會跳，而且很認真！喔，另外這個也是，不要看她漂亮，她很會搞笑……」

「你是什麼韓團字典嗎？」

「我只是想說，我跟得上流行。」

我笑出聲音，要求他再跳一次舞給我看，「哪一首？妳可以點歌，我最近還學了新的。」

「是不是太閒？」

他拉起我，「我教妳，不難！」但身為肢體殘障的我，在跳了兩個八拍後，他就拍拍我說，「算了，妳比較會賺錢，妳工作就好了。」我給了他一個白眼。

晚上睡覺的時候，他抱著我，突然對我說，「我想帶妳去見一個人。」

「誰？」

「妳去了就知道，要是妳看到了，對我有疑慮，妳可以隨時取消我這個伴的資格。」

「聽起來很嚴重？」

「對別人來說可能是，但對我而言，很悲傷。」

我感受到了，他落寞的眼神、他的語氣都是，這次換我伸手抱緊他，「我是見過世面的人，望周知。」

他笑了笑，這晚，我們相擁入眠，是我睡得最熟的一天。

隔天，他帶我去了臺北監獄，我沒有開口問他任何問題，因為我知道，他比我還要緊張。我在一旁等他辦理登記手續，接著我們到了會客室，我看出他的不安，我伸手握住他的手，給他鼓勵，他也給了我一個微笑。

然後他看向我身後，突然起身喊，「媽。」

我愣住，居然是他的媽媽？

我緩緩回頭，想著該用什麼心情面對謝紀江坐牢的媽媽，但沒想到，一看到眼前的女人，竟讓我震撼不已。

而她看到我，也瞪大了眼睛，我們看著彼此，眼淚瞬間又掉下了，我忍不住喊了，「阿姨……」那個我欠一句道謝的掃地阿姨，那個保護我好多次的阿姨，那個家裡什麼都沒有卻能煮一頓飯給我的阿姨。

居然就是謝紀江的媽媽！

我的腦海閃過國中時謝紀江被打個半死之際，我透過窗戶和他對看的眼神，我們早在那時候就遇見了，二十幾年後的相遇，讓我覺得人生有太多可能。

誰能想得到，我掛念了這麼久的人，會用這樣的方式出現在我面前？

她也不敢相信地看著我，「妳怎麼……妳跟阿江？妳……」

我忍不住激動地對她說，「阿姨，謝謝妳，我一直在找妳，我也去過妳住的地方，可是後來你們都搬走了，我很擔心妳，我沒有想到妳……會在這裡？」

謝紀江突然也像是想通，把一切都串連起來了，「難道妳就是那個念高中的姊姊，我媽說她打掃的學校發生霸凌事件，她救的女孩是妳？」

我點頭，然後跟阿姨一起痛哭失聲。

二十幾年了，我沒想過阿姨這麼善良的人，居然被關在這裡？

阿姨似乎知道我的疑惑，「我殺了我先生，為了保護我剛出生的孫女，我沒有別的辦法……」

我聽得心很痛，有些悲劇還是沒辦法阻止的。

就算那時我阻止了阿姨一次，卻阻止不了第二次，我莫名心酸卻只能安慰她，「沒事的，我知道妳很辛苦。」

阿姨苦笑，「辛苦的是我兒子，還要為我辯護……妳呢？妳好不好？妳怎麼跟阿江碰上的？」

「這個故事很長，我會常常來說給妳聽好不好？」我給了阿姨保證，她哭著點頭，會面的時間很短，阿姨被帶走了，我不停地喊著，「阿姨，我一定會再來，我會再來……」

阿姨給了我一個微笑。

我一定會，讓自己健康然後再來看妳的。

我和謝紀江走出監獄，想著我常說只要這兩件事完成，人生沒有遺憾，一是讓美蘭阿姨一家團圓，二是向當年保護我的掃地阿姨道謝，如今都完成了，我卻突然不想死，也不願意死了，我有了想疼惜的人。

我忍不住停步，轉身抱住謝紀江，眼淚又是不停地掉，他也抱著我，摸著我的頭，「看來，妳是我的伴這件事，二十幾年前就注定好了。」我不停哭著，他笑了笑，「不知道妳這麼愛哭，真的不可收拾耶。」

「你太可憐了，你怎麼那麼可憐？」

他大笑出聲，「妳才可憐，少在那裡同情我。」

「我是真的覺得你可憐。」

「妳也是。」

我們相擁，雨落了下來，毫不留情，可是我們都不想躲，我們不想打斷此時此刻的氛圍，不過是一場雨，和我們經歷過的種種相比，不過就是一場雨……

而我們，有的是給彼此的溫暖，是留在彼此心裡的溫度。

活著，有很多時候挫折得讓人想死，在一次又一次的打擊跟挫敗下，厭倦這個沒道理的世界，痛苦跟焦慮不停疊加，當自己以為撐不下去的時候，就會遇上無條件給你溫暖的人。

然後靠著這一點點留下的餘溫，慢慢地活下來，我不知道未來還有什麼可能，我也不知道治療會不會成功。

但我很清楚的是，在我活著的時候，我也要成為那個給別人溫暖的人，或許會有人靠著我給的餘溫，撐過低潮，重新感受世界的美好。

就像謝紀江之於我，而我之於謝紀江。

〔完〕

〔後記〕

討自己喜歡，不夠好也無所謂

奔四後，很常講的一句話就是「我都這年紀了……」

然後想想覺得自己實在不應該，我這是拿年紀做為搪塞自己懶散跟放棄的理由嗎？我是不是不能再這樣下去？但這樣又是怎樣？我到底希望自己走到什麼地方去？我真的需要這麼認真嗎？現在的我，到底為什麼而努力？

要是為了讓自己快樂，那為何我總在做讓自己不快樂的事？

比如很想離職，但打開存摺，上面的數字在打我臉；比如為了避免爭執，而勉強自己當沒事；比如明明累到要死，可是躺下來又莫名覺得罪惡感。我是什麼命苦的人嗎？

我常說服自己，這些不舒服，都是要走到快樂的一個過程。

喔，真他媽的過程？我看別人都在享受，為什麼我偏偏一堆過程？對，看看我都這年紀了，還是會憤世嫉俗，但那又如何？我就是一個這麼不完美，也不想強迫自己完美的人。

於是，我只能學著取捨。

就像我看到有讀者說，最近的書都看不到甜甜的愛了，都有些沉重。

但老實說，我都這年紀了，也談不到甜甜的愛情，還真寫不出來，我都忘了自己上次心動是什麼時候，是要怎麼寫出讓人感到悸動的愛？不過，倒是記得昨天喝了多少酒，因為不夠醉。

活得愈來愈現實，其實是會愈來愈清醒。

就會知道生活不是用來過的，大多時候，都是用來糟蹋人的。

我無法對大家信心喊話，說著「堅持下去，未來肯定會更好」，我只想說，要不要堅持隨便你，不用硬要跟隨別人的腳步，你有你自己的路，你想坐下來休息就坐下來休息，就算有很多人經過你、超越你，你舒服就好。

不要著急、不要心慌、不要害怕。

也許我們無法做出最好的決定，但真的沒有關係，因為從來沒有人能向你保證，「對，這個就是『最好』的決定。」

不夠好也無所謂，畢竟活著，只需要討自己喜歡。

雪倫

國家圖書館出版品預行編目（CIP）資料

餘溫 / 雪倫 著. -- 初版. -- 臺北市：商周出版, 城邦文化事業股份有限公司出版：英屬蓋曼群島商家庭傳媒股份有限公司城邦分公司發行, 2024.08
288 面；14.8×21公分. --（網路小說；292）

ISBN 978-626-390-213-8（平裝）

863.57　　113009775

線上版讀者回函卡

餘溫

作　　者 / 雪倫
企畫選書 / 楊如玉
責任編輯 / 魏麗萍、楊如玉

版　　權 / 吳亭儀
行銷業務 / 周丹蘋、林詩富
總 編 輯 / 楊如玉
總 經 理 / 彭之琬
事業群總經理 / 黃淑貞
發 行 人 / 何飛鵬
法律顧問 / 元禾法律事務所　王子文律師
出　　版 / 商周出版
城邦文化事業股份有限公司
台北市 115020 南港區昆陽街 16 號 4 樓
電話：(02) 2500-7008 傳眞：(02) 2500-7579
E-mail：bwp.service@cite.com.tw
發　　行 / 英屬蓋曼群島商家庭傳媒股份有限公司城邦分公司
台北市南港區昆陽街 16 號 8 樓
書虫客服服務專線：(02) 2500-7718・(02) 2500-7719
24 小時傳眞服務：(02) 2500-1990・(02) 2500-1991
服務時間：週一至週五 09:30-12:00・13:30-17:00
郵撥帳號：19863813　戶名：書虫股份有限公司
讀者服務信箱 E-mail：service@readingclub.com.tw
歡迎光臨城邦讀書花園 網址：www.cite.com.tw
香港發行所 / 城邦（香港）出版集團有限公司
香港九龍土瓜灣土瓜灣道 86 號順聯工業大廈 6 樓 A 室
電話：(852) 2508-6231　傳眞：(852) 2578-9337
E-mail：hkcite@biznetvigator.com
馬新發行所 / 城邦（馬新）出版集團 Cité (M) Sdn. Bhd.
41, Jalan Radin Anum, Bandar Baru Sri Petaling,
57000 Kuala Lumpur, Malaysia
電話：(603) 9057-8822　傳眞：(603) 9057-6622

封面設計 / 李東記
版型設計 / 鍾瑩芳
內文排版 / 新鑫電腦排版工作室
印　　刷 / 高典印刷事業有限公司
經 銷 商 / 聯合發行股份有限公司
電話：(02) 2917-8022　傳眞：(02) 2911-0053
地址：新北市231028新店區寶橋路235巷6弄6號2樓

■2024年8月初版
定價 330 元

Printed in Taiwan
城邦讀書花園
www.cite.com.tw

ISBN 978-626-390-213-8（平裝）
ISBN 978-626-390-209-1（EPUB）